(Par Paul Hay, sieur du
Chastelet, d'après le P.
Lelong.)

# LES
# ENTRETIENS
# DES CHAMPS
## ELIZEES.

M. DC. XXXI.

ME han a *quittado la honrra*, disoit des Espagnols le Marquis Spinola, pres-sé d'angoisses dans les tristes heures de sa mort; & auec ces piteux accents s'achemi-noit pour passer dans les champs Elizées. quand Caron d'vne voix furieuse s'escria; *Qu'on me chasse cet Espagnol d'icy, de peur qu'il ne vienne troubler le repos des bien-heureux, côme ceux de sa nation font toute la terre en l'autre mon-de*; & en mesme temps on le saisit au corps pour le ietter hors de la Barque. A quoy fai-sant resistance, il remonstra qu'il estoit Ita-lien, & si fameux, qu'il ne meritoit pas d'e-stre traicté de la sorte: Ce qu'au lieu d'ap-paiser ce farouche vieillard, l'irrita dauan-tage; luy reprochant sa lascheté, de parler le langage de ceux, qui n'ont autre dessein, que d'enchaisner son pays & le mettre en seruitude: & cependant comme il ioignit la terre, il se desmella facilement de ceux qui ne luy voulurent faire de violence, pour le respect de son nom.

Arriuant dans des prairies voisines, les premieres personnes de congnoissance qu'il apperceut, furent les Ducs de Sauoye, & Collalto, qui disputoient ensemble sur la prise de Pignerol; l'vn soustenant qu'on le pouuoit secourir, & l'autre maintenant le contraire: *Ie vous accorderay bien*, dit le Mar-quis, mettant l'espée à la main pour charger

e Ils môt osté l'hô-neur.

A ij

le Duc; qui ſe mit en deffence, & commen-
cerent vne furieuſe meſlee, ſans que Collalto ſe mit entre-deux, à cauſe des coups
qu'il craignoit naturellement: & ſi Rada-
mant ne ſe fuſt trouué pres de ce lieu, il y
auoit apparence d'vn grand deſordre; mais
faiſant les hola, il voulut eſtre informé
du ſuiet de leur querelle, fort eſtonné de
l'inquietude du Duc, qui ne pouuoit demeurer en repos; & commandant le ſilen-
ce aux aſſiſtans, accourus en grand nombre,
il ordonna aux interreſſez de faire entendre
leurs raiſons.

Illuſtriſſime Seigneur, dit le Marquis, ie
ne croy pas eſtre blaſmé de ce que i'ay fait,
ayant attaqué celuy qui eſt en partie cauſe
de ma mort; pour ne m'eſtre pas voulu,
dans leſecours que ie luy donnois, gouuerner ſelon ſon, humeur impetueuſe, boüil-
lante & ſans ordre, qui luy a cauſé & aux
ſiens, d'auoir eſté ſouuent deſpoüillez de
leurs pays. Ie ne faiſois pas difficulté de hazarder ma perſonne, mais bien mon armée,
me confiant plus dans mon art & dans mon
induſtrie, qu'à la fortune, ayant touſiours
naturellement eu plus d'inclination à chercher vne victoire, qui ſe peut obtenir ſans
effuſion de ſang, que de rien commettre au
hazard; par ce que quand on eſt ſur la defen-
ſiue, le prudent Capitaine doit pluſtoſt temporiſer & laiſſer conſumer ſon ennemy, dans
les difficultez de faire la guerre en pays e-

A ij

ſtranger , que d'auenturer l'Eſtat auec choſe ſi inegale, comme le gain d'vne bataille,
contre vn homme qui n'a rien à perdre que
ſon armée , Et à ce propos ſert la reſponſe
de ce grand Duc d'Alue , au conſeil qu'on
luy donnoit de combattre les François qui
ſe retiroient de Naples : Non, non , dit-il,
ie ne ſuis pas reſolu de ioüer vn Royaume
auec vne Caſaque de toille d'or : que por-
toit d'ordinaire le Duc de Guiſe leur General.

C'eſt pourquoy , me trouuant des gens
belliqueux en teſte, commandez par le Cardinal de Richelieu reſolu de me combattre,
ie fis mon effort pour l'en empeſcher, ne
voulant pas donner à ce ieune Aiglon moyen d'acquerir de la reputation à mes deſpens : ce que ie luy fis entendre d'abord,
& que ie me tiendrois touſiours enter-
ré dans mes trauaux, par ce que *No queria
pelear con mi hijo*, qui eſtoit vne alliance d'a-
mitié , que nous auions euë enſemble de
pere & de fils à mon paſſage de la Rochelle:
où comme auec ſincerité ie reſpondis aux
queſtions qu'il me faiſoit : & principalement ſur le ſuiect de ce ſiege , où ie recog-
nus bien que le Roy s'eſtoit engagé ſur ſon
ſeul aduis, ie luy dis franchement qu'il auoit
pris l'vnique moyen pour paruenir à la fin
d'vne ſi grande entrepriſe , qui ne conſiſtoit
qu'en ces deux poincts : L'vn , que ie voyois qu'il baſtiſſoit ſon eſperance par la pra-

tique qu'il en faisoit asçauoit, *Abrir la ma-
no*, c'est à dire, despendre largement, *y ferrar
el puerto*. Ce qui fut cause que me voyant
parler auec ceste candeur, apres plusieurs
autres entretiens, nous contractames vne
grande amitié, sans aucunement blesser les
interests de nos Maistres; & pour monstrer
qu'il la vouloit continuer, quoy que nous
commandassions deux armées contraires, il
me renuoya plusieurs paquets qui auoient
esté surpris, sans auoir voulu en descache-
ter vn seul; laquelle chose, bien que d'vn
costé elle pouuoit auoir dessein de nous
mettre en ialousie, neantmoins l'effet qui
en parut, fut à mon gré si ciuil, que ie ne me
peus tenir de le loüer publiquement, qui
donna suiet à mon ennemy de se forger cette fantasie, que i'auois quelque Traitté se-
cret qui luy estoit incognen: que si cela eust
esté vray, ie puis dire que le succez m'en
eust esté fort heureux, parce qu'il ne tint
qu'à moy seul que la paix ne fut faicte, toutes sortes de conditions raisonnables m'en
aiant esté offertes.

Mais la chose estoit lors bien loin de ma
pensée, aussi bien que de celle de Collalto,
ayans tous deux mesmes desseins sur differents lieux, luy, celuy de prédre Mantouë
& moy Cazal, que i'auois asseuré d'emporter en quarante iours, comme i'eusse
faict, sans les accidēts qui me suruindrent,
qui empescherent que ie ne me peus prema-

loir de l'auantage que me donna le partement du Cardinal de Richelieu d'Italie, sur
les entreprises qu'on faisoit contre luy dans
la Cour de France. Et comme sa presence
m'obligeoit d'estre tousiours retranché aupres de luy, pour empescher ses progrez,
esperãt qu'encores que ie ne le peusse quitter pour aller assieger Cazal, ie ne lairrois
de l'emporter par la faim, quoy qu'auec vn
long temps: Aussi-tost que ie l'eus veu partir, & en suitte introduire la licence dans
les forces qu'il laissoit, ie creus que bien
tost elles seroient dissipées, & que partant
ie pouuois tout entreprendre. Ce qui me fit
resoudre, pour abreger le temps, de faire
l'effort necessaire pour nous rēdre maistres
de cette place, qui nous ouuroit le chemin
à de plus hautes cõquestes. Et comme i'eus
commencé, l'enuie m'accueillit de toutes
parts. Collalto retirant ses Allemans de
mon armée, qui parce moyen demeura si
foible, que ie fus du tout impuissant pour
l'execution de mon dessein: Et le Duc, ayant
enuoyé son Abbé Scaglia en Espagne de-
clamer contre moy, obtint, que l'on m'o-
steroit le pouuoir de plus traiter la paix,
pour le dõner au Marquis de saincte Croix,
petit fils de celuy qui accommoda si bien
les François à la Tercere, duquel on fit plus
de cas que de mon experience & sincerité:
qui me fit conceuoir vn tel despit, que quasi sans auoir de fieure ie m'en allay à la mort,

ayant mon efprit troublé & remply de haine contre cette nation qui m'a ofté l'honneur.

Ce difcours finy, le Duc commença fes
plaintes, fur la confiance qu'il auoit prife en
ces factueufes infcriptions de la prife de Bre-
da , *Quatuor regibus fruſtra conantibus* : qui
le firent refoudre d'abandonner les François
pour penfer par là, fe conferuer la partie du
Montferrat qu'il auoit conquife : & dans la
perte de Cazal fe venger du Cardinal de Richelieu, qu'il hayffoit mortellement , pour
auoir porté le Roy à ne vouloir pas approu-
uer les oppreffions qu'il faifoit & fufcitoit
au Duc de Mantouë : & au lieu de voir ces
efforts capables de triompher contre tant
de Rois, il vit au contraire fes pays, faccea-
gez en fa prefence, par vn Preſtre, au deuant
duquel il ne fit que battre d'vne aifle, faifant
de fa crainte, prudence, pour n'ofer iamais
affronter vn homme ruiné dans la Court,
Dequoy il auoit tres-bonne cognoiffance,
comme ayant intelligence particuliere auec
aucuns des principaux qui y trauailloient
en France : qui luy faifoit efperer , que dans
les inquietudes où il pouuoit eftre , il ne
feroit pas difficile de le defaire, fi on l'euft
viuement attaqué. Au lieu dequoy , le temps
fe paffoit en complimens entr'eux , pen-
dant qu'il demeuroit deshonoré dans les ac-
cufations publiques qu'on faifoit contre luy,
& du peu de confiance qu'on y pouuoit prendre

dre, quoy qu'il n'euſt iamais manqué de parole à ceux à qui il auoit donnee, côme le Roy
Catholique le ſçait, le Grand Henry, ceux de
Grenoble & de Genevé, & Henry, III. meſme ne luy dénieroit pas ſon teſmoignage, ſi la
ſſion du Marquiſat de Saluces ne l'empor-
toit. Que pour concluſion il voyoit ſes
pays deſolez, traiter la paix ſans luy, & en fin
abandonnant du tout ſes affaires s'en aller
aſſieger Cazal, laiſſant ſeulement auec luy
Dom Philipes Spinola auec cét ordre, *De
nunca iamas pelear con los Franceſes.* Ce qui
luy donna telle rage, aprés la priſe de Saluces
quaſi emportee ſur ſes yeux, iointe à la perte
de Mantoüe, qu'vne petite fievre le ſaiſiſſant
l'emporta en deux fois vingt quatre heures,
aprés auoir fait eſclater en Eſpagne la douleur de tous ſes complimens rendus à celuy
qu'il hayſſoid, au lieu de l'auoir chaſſé d'Italie auec ſon armee, comme il l'auoit eſpe-
ré.

Le Marquis repliqua tout indigné qu'il s'e-
ſtonnoit de tels diſcours, comme ſi la ciuilité
eſtoit vn crime entre les gês de guerre: ce qui
n'eſtoit pas l'opiniô de Cirus & d'Alexandre
qui en auoiét vſé auec excez enuers leurs ennemis: Et l'acte diuin de Scipiô en Eſpagne en
la reſtitutiô d'vn grand nôbre de Dames dex-
cellête beauté, qu'il ne voulut pas meſme luy
eſtre amenées de peur (dit vn Romain qu'il
ne ſemblaſt qu'il euſt cueilly au moins des
yeux, quelque choſe du fruict de leur vir-

ginité, luy auoit acquis autant de gloire que
la victoire d'Annibal. Ainsi que c'estoit vne
grande iniustice d'accuser des actions, qui
auoient esté si dignement pratiquées par ces
grands hommes, qu'on pouuoit bien nom-
mer par leurs merites les Dieux de la guerre,
lesquelles n'vnissoient pas pourtant leurs
interests. Car on ne me sçauroit imputer d'a-
uoir fauorisé les armes de France, ny au
Cardinal celles d'Espagne, ausquelles il a
preparé de longs exercices, qui recompen-
seront leur vnion en Allemagne, pour troubler les alliez du Roy Tres-Chrestien. Car
par ses conseils & sage preuoyance on leur
a suscité tant d'ennemis partout, qu'il faut
des siecles pour remedier à tous ces maux;
Ne me pouuant assez estonner de la simpli-
cité des Allemands dans leurs secours d'Italie, dont rien ne reuient à leur profit, qui
est tout pour les Espagnols, & le dommage
pour eux; car cela obligera tout le monde
d'emouuoir tous les orages qu'on pourra
pour porter dans leur pays l'infortune qu'ils
veulent causer aux autres. A quoy les François ne sont pas peu considerables, maintenant que le party Huguenot est ruiné, qui
estoit la seule & vnique ressource du Comte
d'Oliuares; qui se mocqua de moy quand ie
luy dis, que s'il laissoit prendre la Rochelle il
s'en repentiroit; croyant en son ame, qu'elle
estoit imprenable, (comme à la verité à bon
droit, elle estoit tenuë pour telle de tous ceux

qui la connoiſſoient. Et au lieu d'y apporter
de forts obſtacles, il s'amuſoit à des ruzes &
Traitez ſecrets, ſur leſquels mal à propos il
creut plus qu'à mes conſeils, ayant pour but
ma ruine: Et cette paſſion le porta de s'arreſter à des gens qui l'abuſoient, faute de ſçauoir les affaires qui requeroient en vn tel
coup de partie vne bonne reſolution, prom-
pte & ſoudaine, qui fiſt effect; les fineſſes
n'eſtans bonnes qu'aux affaires non preſſées,
qu'on traicte de loing & auec du loiſir: & ne
voudrois luy donner ſur ce ſuiet vn meilleur
exemple que du meſme Cardinal, à qui il en
veut, lequel quand le temps requert qu'on
vze d'adreſſe, nul hôme du monde ne luy eſt
eſgal: Mais quand les choſes preſſent, il ne
conſeille pas lors des ſubtilitez, mais des
Armées de trente mille hommes, qui ſui-
uent leur Roy en toutes occaſions où il faut
aller. Et c'eſt ce qui rend leurs affaires proſ-
peres, & les noſtres en meſpris; & ſi on euſt
eſté aſſez habile & aſſez diligent de tenir
touſiours les François occupez au dedans,
nous eſtiós libres au dehors; & l'Italie eſtoit
reduite ſoubs le joug en cette rencontre, où
nous euſſions ſans doute pris Cazal comme
Mantouë, & aſſujety Rome & tout le reſte.

Quant à ce que le Duc proteſte de ſa foy
inuiolable, i'admire ſon aſſeurance, d'alle-
guer Eſpagne & France pour marque de ſa
fermeté, ayant cent fois trompé l'vn & l'autre, comme Geneve, qu'en plaine paix il

attaqua ; & Grenoble, qu'il asseuroit vouloir secourir contre l'Esdiguieres, & forcer
le Chasteau de Mont-benaud pour leur rendre ; ce qu'il executa auec leurs canons &
leurs poudres, & puis le garda pour luy.
C'est encores merueilles, que pour marque
de sa prud'hommie il n'a allegué la Comtesse
de Sault, laquelle l'appella en Prouence ; &
pour recompense, il l'emprisonna, & eust
couru fortune de la vie, si, vestuë en Suisse,
dont elle auoit la taille, elle n'eust pris la
fuite sur vn Cheual d'Espagne.

Partant, Illustrissime Seigneur, ie con-
clus aux peines que iugerez raisonnables, &
qu'il aura meritées ; ayant prealablement
faict droict à la Marquise de Riue, pour
n'auoir pas publié son mariage, comme il luy
auoit promis.

Radamante, parties ouyes, & voyant,
qu'au fonds il sembloit qu'obliquement ils se
fussent faicts mourir l'vn l'autre, les renuoya
hors de cour & de procez, leur faisant de-
fense de se plus inquieter l'vn l'autre. Surquoy se separans, Albigny & Cauouret,
ayans tousiours la main sur la gorge, & regardant le Duc de mauuais œil, suiuirent le
Marquis, à la rencontre de plusieurs Espagnols & Italiens qui se firent tous grand
accueil, excepté le Duc d'Alue, qui auec vn
vos seulement caressa la compagnie ; & le
Marquis prenant la parole dit qu'il venoit
se ioindre auec eux, pour leur dire que la cou-

stume n'estoit point changée en Espagne, de
mal traiter tousiours ceux qui leur auoient
rendu plus de seruices. Et là se trouuerent
Fernand Gonzales, le Cardinal Ximenes, le
Marquis del Vvast, Iuan d'Austria, Fernand
Gonzague, & le Prince de Parme, lesquels
voulurent tous ouyr le desastre de ce valeu-
reux homme, lequel il leur raconta? Et D.
Iuan d'Austria prenant la parole dit, Ne vous
plaignez plus, puis qu'à moy, apres auoir
bien serui, sans considerer ma naissance, il
m'en a cousté la vie: Et à moy, dit le Prince
de Parme, qui eus le commandement des
Armees apres vous, qui sçauez le miserable
estat où vous laissastes la Flandre, & auez
sceu depuis en quel lustre ie remis les affaires par la prise d'Anuers, qui emerueilla
tout le monde & qui m'eust facilité le moyen
de réduire ces Prouinces en obeyssance, sans
les deux voyages que fort mal à propos on
me fit faire en France, pour recompence, on
m'osta mes pouuoirs, me renuoyant en Italie
auec vn morceau, qui me fit passer icy dans
la fleur de mon âge, m'ayant soupçonné d'a-
uoir pensé à me conseruer ces Prouinces auec
l'aueu & le soustien des François. Payement
ordinaire pour ceux qui ont bien serui ces
gens. Ie ne parleray point de moy, dit le Marquis del Vvast, parce que les François mesme
me loüent, encore qu'ils m'ayent défaict à
Serizolles: apres plusieurs signalez seruices,
& auoir pour eux soüillé mon ame & mon

honneur au meurtre que ie fis faire de Fre-
goze & Rincon, ils n'ont pas laiffé pour cela
de me defpouiller de mes charges.

Alors le Duc d'Alue faifant trois ou quatre defmarches, & fe releuant les mouſta-
ches auec cette mefme apparence d'Orgueil,
qu'il auoit toufiours euë au monde, auec vn
ton graue & d'indignation, dit : Qui eſt ce
qui a ſerui ces Princes en de plus  grandes
charges, & auec plus d'authorité, que moy ?
Quel Capitaine y a il eu depuis plufieurs
centaines d'années,  qui aye commandé ſi
long temps & portéleurs Drapeaux en tant
de pays ? Qui eſt-ce qui ne m'a veu faire la
guerre en Italie, en Eſpagne, en France,  en
Hongrie, en Allemagne, en Flandre, en Af-
frique ? & auec tout cela,  ie fus à la grande
merueille detout le monde, fans auoir eu ef-
gard, ny à mon aage, ny à mes feruices,  con-
finé dans Vfede, pour auoir marié mon fils,
qu'on auoit emprifonné fur ce qu'õ luy vouloit faire efpoufer vne Dame du Palais,  luy
imputant qu'il luy auoit promis mariage : Et
comme la refolution de la guerre de Portu-
gal fut prife,  ne ſçachant  fur qui ietter les
yeux que fur moy, on me fit efcrire par vn
Secretaire feulement, pour me commander
que dans trois iours i'euffe à me rendre à l'armée, qui n'eſtoit qu'à dix mille de Madrid,
où eſtoit la Cour,fans que iamais on me vou-
lût permettre d'en approcher : & ce qui ne
fut pas moins eſtrange,  c'eſt que la  Roy

faiſant preſter le ſerment par tous les Grands
au Prince D. Diego ſon fils, il refuſa de me receuoir à cette action, qui ſe faiſoit ſi proche
du lieu où i'eſtois, ny ne m'eſcriuit, ny ne me
voulut rien dire, ny traicter auec moy ſur le
ſuiect de cette guerre, qui me faiſoit plaindre de ce qu'on m'enuoyoit conquerir des
Royaumes traiſnant mes chaiſnes: pour mõ-
ſtrer que le commandement d'vne ſi grande
Armée ne laiſſoit pas de faire voir à tout le
monde, les marques de mon eſclauitude.
Mais cela ne m'eſtonne pas, puis que le Cardinal Ximenes, que ie voy-là diſant ſon Bre-
uiaire, n'en eut pas meilleur marché, ayant
conſeruê luy ſeul l'Eſpagne à l'Empereur,
foulée aux pieds par tous les plus puiſſans de
l'Eſtat, qui ne pouuans ſouffrir ſon authorité
luy demandoient lettre de ſa vocation, qu'il
leur montra conſiſter en ſes hommes & en
ſes canons, auec leſquels il remedia à tous les
deſordres qui ſe preſenterent, & pour ſa re-
compenſe, on croit qu'on l'empoiſonna ne
l'ayant peu reduire à ſe gouuerner par l'aduis
des Flamans, qu'on luy enuoyoit pour luy
oſter peu à peu ſon credit, qu'il n'employoit
toutefois que pour le bien de l'Eſpagne & de
ſon Maiſtre

Alors le grand Capitaine auec vn petit
ſouſris: dit: Et quoy, Meſſieurs vous qui
auez eſté des derniers, & qui auez veſcu
apres moy, comment eſt-ce que vos deſaſtres

ont esté plutost racontez que les miens ? Et
qui est ce qui ne sçait, qu'apres auoir conquis
vn Royaume, on m'a demandé compte de la
dépence ? Mais i'arrestay bien mes Commis-
saires, quand ils virent le premier Article,
qui contenoit quatre millions en espions, &
auparauant ils pensoient me payer de l'honneur que i'eus de faire le quart à la table des
deux Roys de France, d'Espagne, & sa
femme, à Sauonne, & apres qu'il leur seroit
loisible de me traitter de Traistre, qui auois
aspiré à me rendre maistre du pays, & fauorisé durant sa vie l'Archiduc Philippe : à quoy
ie ne songeay iamais, quoy que ce fust vn tres
aimable Prince, aussi sincere que son beau-
Pere & sa belle Mere estoient corrompus :
comme ils le témognerent bien, quand apres
l'auoir engagé dans le Traitté de Blois, où il
auoit accordé la Paix en leur nom, il demeura
affrôté par la perte de Naples, que i'acheuay
de conquerir lors, suiuant l'ordre que i'en a-
uois de iour en iour. Et si les François eussét
esté aussi cruels comme ils sont bons, ils pou-
uoiēt luy faire payer les frais d'vne telle perte
& ne le laisser pas aller si façilement côme ils
firent. C'est pourquoy ie n'ay pas eu tort de
dire que pour m'obliger de croire vne autrefois aux sermens de Ferdinand, ie voudrois
qu'il iurast par vn Dieu qu'il recogneust, &
auquel il eust croyance.

A la verité, dit le Marquis de Pesquaire,
c'estoit vn grand trôpeur. Il est vray respondit

pondit Ruy Gomez ; mais ne voyez-vous pas Moron, qui se moque, de ce que vous blasmez les trompeurs, veu le trait que vous luy joüastes auec Antoine de Leue ; & non-obstant vous n'auez pas laissé d'en taster comme les autres.

Alors le Prince d'Oria prenant la parole dit : I'ay esté le plus fin, car sçachant bien qu'il n'y a point de seruices qui puissent obliger les Espagnols, & que par vos exemples ie voyois, qu'au lieu de gratitudes & recompenses ils conceuoient des ialousies & des soupçons, qui les auoient portez à vous perdre: pour euiter cela, qui n'a iamais manqué à vn seul de ceux qui ont esté des plus renommez parmy eux ; apres l'entreprise d'Arger, que ie ne pris pas, ie renõçay à ma charge de General de la mer, contre l'aduis de plusieurs, qui me disoient que telles choses ne se quittoient iamais volontairement : & fis voir, que ie le sçeu dire & faire, & que sans eux ie pouuois viure auec lustre : car ie redoublay toutes mes dépences, que iay continuay telles iusques à ma mort.

Ie voudrois en auoir fait autant dit Dom Ferrand. Car apres de si longs seruices rendus à cette nation, ie n'eusse pas eu la honte d'estre depossedé du Gouuernement de l'Estat de Milan, pour le donner au Duc d'Alue, qui n'y fit rien qui vaille ; & si ie n'eusse eu l'indústrie de verifier la fausse escriture mise sur mes vrais seings, par l'artifice du Castellan &

C

Chancelier de Milan, ie ne ſçay à quel point
dehonte & de deshonneur on ne m'euſt point
reduit.

Alors le Prince de Parme, plus ſerieux
que les autres, s'aprochant de luy & du Marquis, leur dit : Nous ſommes bien mal-heu-
reux d'auoir touſiours ſeruy les Rois d'Eſpagne contre noſtre pame. Vous auez plus de
raiſon de vous en plaindre qu'aucun, dit le
Marquis : carl'Empereur Charles fit tuer voſtre grand Pere, & voulut deſpoüiller voſtre
Pere, & l'euſt fait, ſans l'aſſiſtance des François.

A ce propos Ruy Gomez s'approcha auec
ſa gentilleſſe accouſtumée, excuſaut cette
action, & diſant que l'Empereur n'y auoit
point de part, & que c'eſtoit vne conſpiration
de Citoyens pure & ſimple, qui auoit eſté
preueuë par vn Negromantien, qui enquis
du Duc Pier Luiguide ſa fin, luy ſit mettre
ſur vne table vne teſte de mort, couuerte de
chandelles de cire noire, de laquelle ſortit
vne voix diſant, qu'il deuoit eſté tué, & que
le nom de ſes meurtriers eſtoit eſcrit dans le
tenuers de ſa Monnoye, où il y auoit *P L AC.*
qui vouloit dire, *Placentiæ.* Et de faiſt, Pa-
lauicini, Landi, Anguiſcioli, Conti, diſignez
par ces quatre lettres, furent ſes maſſacreurs,
& non pas l'Empereur.

Horace Farneze, Duc de Caſtre, s'eſtoit
approché à ce diſcours, & prenant la parole,
dit : Vous diſputez tous de cette action de-

uant Dom Ferrand qui en fut l'autheur, ou
pour le moins il en donna le conseil. Ie n'y ay
nulle part, dit-le Gonzague, & de cela on ne
peut accuser l'Empereur, que d'auoir approu-
ué le fait, & gardé quelque temps Plaisance
aux Mineurs, comme il se void par les quatre
Vers qui en furent faits bien-tost apres, que
ie porte tousiours sur moy; à cause que plusieurs m'en ont voulu blasmer : & pour ma
iustification ie m'en vay vous les lire.

*Cesaris iniussu Farnesius occidit heros:*

*sed iussu data sunt præmia sicaris.*

*Tres sunt hæredes, Dux, Margherita, Gelli:*

*Hunc socer, hanc genitor, hos spoliauit auus.*

Par là vous voyez qu'Vlloa, Autheur Espagnol, est vn menteur, qui escriuant la vie de
l'Empereur, l'accuse d'auoir fait faire ce meurtre.

Ne parlons plus de cela, dit le Duc de Pár-
me, l'opinion la plus fauorable des deux ne
vaut rien; & pleust à Dieu que i'eusse seruy ce
Prince que ie vois s'approcher de nous ! i'aurois vescu plus long-temps, & aurois esté
mieux recompensé.

Surquoy tournant visage ils aperceurent le
Grand Henry, auec vne grande suitte ; & luy,
appuyé sur les bras de Villeroy & du President

Ianin, s'arresta sur le bord d'vne grande fontai-
ne, où soudain la Varenne arriua tenant en ses
mains plusieurs paquets, qui furent deliurez à
Villeroy pour les dechifrer. Le Roy demanda
cependant, Quelles nouuelles courent ? I'ay
ouy parler de quelques parties contre le Cardinal de Richelieu. Qu'est ce. Cela n'est rien,
dit Villeroy, s'il n'est suruenu quelque chose
depuis les dernieres depesches, qui portoient
le desordre suruenu, & le raccommodement
qui auoit suiuy, à la grande instãce qu'en auoit
fait le Roy. I'en suis bien aise, dit le Président
Ianin, car ie l'ay tousiours estimé, & creu
qu'il reüssiroit aux affaires; & luy ay dit souuent, qu'il prist courage, & qu'il auroit son
temps; & vostre Majesté mesmes le voyoit de
bon œil dez qu'il estoit Euesque de Lusson.
Quoy? dit le Roy, c'est le frere de Richelieu?
Il est vray que ie l'aimois, & vous sçauez bien
& Monsieur de Villeroy, que i'estois resolu de
le faire Cardinal, & leusse mis dans mes affaires, si i'eusse vescu plus long-temps. Il y a bien
reüssi, dit Zamet : car depuis qu'il est au Con-
sel toute la France a changé de face : & quand
ce ne seroit que la Rochelle est prise & razée,
il y auroit dequoy se contenter. Comment,
dit le Roy, cela est-il possible, Roquelaure?
auez vous entendu ce qu'il dit ? Ouy, Sire, res-
pondit-il : & qui ne le sçait pas ? Et le bon sentiment qu'en montra vn homme que vous
cognoissez, bien quand il en eut la nouuelle,
s'ecciant, Nous sommes perdus. Il est vray

qu'il vſa d'vn mot plus ſale qui rime à cettuy-
là; mais on ne l'oſeroit dire icy. Et penſez vous
qu'on viue a cette heure comme au temps du
vieil ſiege, où vous & les autres l'empeſchiez,
& preniez autant de peine à la ſauuer, qu'on
a fait à cette heure à la prendre? Et donc les
pauures Huguenots, ſont redduits à Montau-
ban, Caſtres, Millaud, Niſmes, & Vzez, dit le
Roy? Rien de tout cela, Sire, dit Roquelaure:
car toutes ces places n'ont plus ny foſſez ny
baſtions : & ſur la foy du Cardinal Montau-
ban a receu telles forces qu'il a voulu, & les a
retirées trois iours apres, n'ayant faict vn ſeul
logement dans les maiſons, demeurans touſ-
jours ſur leurs armes dãs les places & les ruës,
ſans qu'il aye eſté pris vn morceau de pain
qu'en payât. Ie ne ſçay ſi ie dois croire ce que
vous dites, reſpond le Roy, car ie le trouue
eſtrange. Et les Seuennes, Foix, le Dauphiné,
& le Viuarets, tiennent pour le moins encores? Rien de tout cela, dit le Vicomte de Por-
tes : toutes ces Places ſont Catholiques, bruſlées, ou ſans fortificatiõs. Comment bruſlées?
dit le Roy. Ouy, bruſlées, Sire, reſpond-il:
car Priuas a eſté mis en cendre, pour chaſti-
ment d'auoir eſté l'origine de toutes les ſedi-
tions, & la premiere qui aye voulu ſe deffen-
dre contre le Roy voſtre fils, depuis ſon retour d'Italie. Il n'y eſt pas demeuré pierre ſur
pierre dit le Marquis d'Vxel: car i'en ay bonnes relations, & qui portent que dans les
Montagnes de Viuareſts l'armée y volloit, &

que iamais autre Roy n'y auoit paſſé : Qui a
donné vn tel effroy à tout le reſte, qu'Alets
eſtant aux abois ſe rendit, & là tous les Depu-
tez Huguenots y vindrent & y firent la Paix.
Nous auons veu l'Edict auec merueilles, dit le
Preſident Champigny (touſſant & crachant,
de peur que le Garde des Seaux du Vair ne luy
reprochaſt encores qu'il auoit la gorge pleine
d'arreſtes quand il opinoit ) : Car tous les pre-
cedents Edicts portoient titre ſimplement
d'Edict & Declaration faicte par le Roy ſur
la pacification des troubles de ce Royaume.
Mais cetuy-cy porte, Edict du Roy ſur la grace & pardon donné au Duc de Rohan, au ſieur
de Soubize, & à tous autres ſubjects rebelles,
auec l'abolition des negotiations tant auec les
Anglois qu'auec le Roy d'Eſpagne & Sauoye;
& le banniſſement des Chefs : choſe qui ne
s'eſtoit iamais veuë iuſques à maintenant, qui
a donné grand honneur au Cardinal, & grande fletriſſure à ces pauures Freres en Chriſt,
qui n'ont autre conſolation dans leur deſa-
ſtre, ſinon celle de mourir de la main d'vn ſi
grand Roy.

Pour les Anglois, ie leur pardonne : car ils
ſont de meſme Religion qu'eux, ( dit le vieux
Duc de Mayenne ) mais auec les Eſpagnols,
i'en doute encores qu'on le die. Car depuis
qu'ils ſe virent trompez à ces fameux Eſtats
de Paris, i'ouys iurer pluſieurs fois le Duc de
Feria & Dom Diego d'Iuara, qu'ils ne hazar-
deroient iamais plus leur argent en France. Ils

l'ont fait si souuent depuis, dit le Chancellier de Sillery, qu'il ne faut pas s'asseurer en leurs sermens. I'ay veu leur dernier Traité auec les Huguenots & le Duc de Rohan, qui est bien construit selon l'humeur d'Espagne. Car il porte, Que ce que le Roy en fait, est comme estant estroitement obligé à la conseruation des Estats & Royaumes qu'il a pleu à Dieu luy donner ; & à cet effect de se seruir de tous les moyens propres, licites & necessaires qui se presenteront, & le tout sans autre interest, que celuy de la plus grand gloire de Dieu. Pour à quoy paruenir il faut payer les Huguenots, pour maintenir la guerre dans le Royaume. Ce qu'ayant sa Majesté fait voir en son Conseil de conscience, composé de gens de grande integrité, il a iugé estre conuenable à la iuste defence de ses Estats, contre vne si iniuste action, comme celle que le Roy de France fait, violant tout droict & iustice ( qui estoit, de ne luy vouloir pas souffrir l'oppression de ses alliez. ) Et pour paruenir à leurs fins, ils offrent trois cens mille ducats pour l'entretien des gens de guerre en Prouence, Languedoc, & Dauphiné, & quarante mille de pension au Duc de Rohan, huict mille à son frere, & dix mille pour ceux qu'ils voudront gratifier : Moyennant quoy ils entretiendront tousiours la guerre tant qu'il plaira au Roy Catholique durant les iustes causes qu'il a de ce faire. Croiroit on iamais telles choses de ces gens-là qui ne seroit bien in

formé de toutes leurs procedures : Ce n'est pas
la premiere fois, dit le Roy, qu'ils s'estoient
voulu seruir des Huguenots. Car de mon téps
ils me firent de grandes offres, & n'y voulus
entendre, & nul de mon Conseil ne pensa iamais de m'en parler. C'est pourquoy ie m'e-
stonne comme ceux-cy se sont laissez emporter à vne telle faute, & comment les Espagnols,
qui font tant les Religieux, & m'ont tous-
jours reproché l'assistance que ie donnois à
mes alliez de contraire Religion, se sont voulu charger d'vn si grand deshonneur. Ile n'ont
iamais fait autrement (dit le Pere Cotton) car
ils ont tousiours eu la Religion dans leurs
levres, & rien moins que cela dans le cœur.
Vostre Majesté protegeoit les heretiques, non
comme tels, mais comme ses alliez, que par
honneur & par la iustice des Traittez vous ne
deuiez pas laisser perdre ny empieter, afin de
vous conseruer l'affection de tous ceux que
sont attachez auec la Couronne : & puis, n'est-
ce pas impieté, de croire que les Princes heretiques ne soient pas Princes legitimes dans
leurs Estats, & que la diuersité de croyance
empesche le droict de proteger ceux ausquels
on l'a promis, quand on veut vsurper leur
bien ? C'est vn poinct delicat que vous trai-
ctez là mon Pere (dit le Cardinal de Berrulle)
& croy qu'il vaut mieux n'en parler point du
tour : car il y a penchant de tous costez Pourquoy Monsieur, ( dit le Pere ? ) Salomon ne
bastit-il pas le Temple de Dieu auec l'aide
des

des Tyriens idolatres, & les Machabées, qui
estoient aussi gens de bien que nous? Perdirent ils leur reputation, pour s'estre alliez auec
les Romains? Mon Pere, n'en parlons plus
(dit le Cardinal) vous sçauez bien que le Roy
de Iuda fut blasmé par vn Prophete, de s'estre
allié auec le Roy de Syrie. Non pas de l'alliance, dit le Pere, mais de sa trop grande confiance en ce secours, comme en sa maladie en
celuy de ses Medecins, qui ne fit pas pourtant
condamner la Medecine. Partant ie persiste &
dis, que pour se defendre & ses alliez, il est
loisible de se seruir de tous moyens licites &
possibles, & de ceux mesmes qui ont esté aux
siecles passez pratiquez par les Espagnols, qui
font tant les scrupuleux.

Mon Dieu, dirent en souspirant le Greffier
Senault & Chassebras, les Espagnols nous ont
tousiours semblé si bons Catholiques, que
pour mourir ils ne voudroient pas auoir aucune communication auec les Heretiques, suiuant le dire de l'Apostre, *Nec dixeris eis Aue.*
Vous l'entendez, replique le Pere: Et Ferdinand Roy d'Espagne, par le conseil de Rode-
ric, ne se seruit-il pas des Mores pour se defendre contre le Pape, le Concile & l'Empereur Henry second, par le moyen dequoy il se
garantit de la sujetion de l'Empire, où l'on le
vouloit reduire? Et que direz vous de cette
horrible alliance d'Aurelius auec les Mores,
leur payans tous les ans cent ieunes filles de
Tribut? Et l'Empereur Charles, pour parler

des temps voisins, à la prise de Rome, n'auoit
il pas huict mille Lansquenets Protestants, qui
commirent toutes sortes de sacrileges & d'im-
pietez aux Eglises & choses sacrées par l'espa-
ce de sept mois, qu'ils tindrent le Pape Cle-
ment assiegé dans le Chasfiteau S. Ange auec
tous les Cardinaux? Et ne sçauez-vous pas, dit
le Cardinal de Peleué, que ce pieux & tres-
pieux Empereur en perit le dueil, & fit faire
processions generales en Espagne, lors qu'il
sçeut sa deliurance? Et vostre Eminence ne
sçait-elle pas, dit ce bon Pere, que c'estoit se
moquer de Dieu & des hommes? que c'estoit
luy qui le tenoit prisonnier, & qui ne le mit
iamais en liberté, qu'apres luy auoir fait payer
huict cens mille escus, & puis il en solemnisa
la feste? Mais que dis-je, où que ne pourrois-
je dire sur ce sujet? Ce mesme Empereur ne
fit il pas ligue offensiue & deffensiue auec
Henry huictiesme d'Angleterre, qui auoit re-
noncé sa foy, & repudié sa Tante, pour espou-
ser sa Grace, & cela pour auois plus de moyen
de ruiner la France?

Ne fit-il pas vn autre braue trait, de prendre & se seruir des Galleres du Pape pour re-
stablir Mulleassen, Mahumetiste, dans Tunis,
qui en auoit esté chassé par Barberousse, Mais
son fils Philippes second, en tout le reste de ses
actions vn des plus sages Prince du monde, à
quoy pensoit-il, quand il abandonna ses sub-
jects naturels à la mercy des Heretiques, qu'il
estoit obligé par droict diuin & humain de

conseruer, & d'en rendre bon compte deuant
Dieu, pour venir faire la guerre en France, où
il n'auoit point d'interest, & despendre son argent ailleurs, & laisser perdre ses pays? Et cette
coustume est la raison, pour laquelle on se bā-
de contre cette nation, a l'imitation des autres
Rois d'Espagne, qui s'vnirent tous contre
Alphonse 8. Roy de Castille, faisant la guerre
aux Mores, pour ne le souffrir pas s'accroistre
& se rendre trop puissant.

Demandez à l'eminentissime Cardinal
d'Ossat, s'il n'escriuoit pas autrefois, qu'il aymoit mieux les Espagnols dans les Pays bas
vieillissans, harassez, blessez, & meurtris, que
non pas de les voir dans les costes de France,
puis que c'est leur humeur de ne laisser pas le
monde en paix? Ie croy que pour le salut des
Estats il ne faut pas tousiours attendre que
Dieu face des miracles, & qu'il est permis de
se seruir des moyens qu'il a donnez pour se
defendre contre les vsurpateurs de son bien,
ou de l'autruy.

Au moins ne desauoüerez-vous pas, dit le
celebre Bussi le Clerc, que l'Allemagne & le
sainct siege ne soient fort obligez à la maison
d'Austriche: car sans elle il n'y auroit plus ny
Pape ny Religion. Vous me pardonnerez,
respond le Pere: car s'ils en eussent esté creus,
ils auroient esté maistres absolus de l'vn & de
l'autre. C'est pourquoy le Pape & les Allemans sont les plus interressez de s'opposer à la
grādeur de cette maison, qui ne pretend qu'à

mettre bas le premier, pour en disposer à sa
mode ; & abolir l'election des Empereurs,
pour se rendre l'Empire hereditaire. De là est
venu que vous auez veu tant de guerres collo-
rees de Religion, & les Papes si souuent mal
menez & outragez en leurs personnes & en
leurs seruiteurs : & sans parler de tous, i'alle-
gueray seulement Frideric II. qui à la persecu-
tion y adioustoit la risée, quand ayant par ses
adherans fait prendre sur la mer trois Legats
du Pape, & plusieurs Prelats, comme on en-
uoya vers luy sçauoir ce qu'il vouloit qu'on
en fist, il mit seulement au bas de la lettre
qu'on luy escriuoit ces deux Vers.

*Omnes Prælati Papâ mandante vocati,*

*Ibatres Legati veniant hucusque Legati.*

La memoire de cette action jointe à plusieurs autres, deuroit tousiours faire trembler
les Papes, & considerer que l'Empire estant en
vne famille si puissante, engendre cette crain-
té vniuerselle de tous les hommes, qui main-
tient le Schisme, rend l'alliance des Princes
Schismatiques necessaire, & fait qu'il est difi-
cile de voir iamais la paix en la Chrestienté.
Et quoy que le Roy eust pris grand plaisir
en cette disgression, neantmoins l'impatience
le prit d'entendre la lecture de ces Lettres, qui
luy fut faite par Villeroy : lequel pour en facili-
ter l'intelligence, prit l'affaire de plus haut, &

parla de ce passage admirable des Alpes que
son fils auoit fait, & forcé le Pas de Suze ; que
la forteresse luy auoit esté renduë, qu'il auoit
secouru Cazal & traitté auec le Duc de Sauoye, pour conseruer la liberté d'Italie, & empescher l'oppression du Duc de Mantouë: En
suitte, dequoy estoit suruenuë la ruïne des Huguenots, & la Paix: & parce que tout cela auoit
esté contredit par aucuns deuots pretendus.
Le Cardinal de Richelieu demeura ferme en
son aduis auec le Mareschal de Schomberg,
que l'euenemeut a faict voir le seul & vnique,
qu'il falloit suiure ; & neantmoins cela luy a
causé la haine de plusieurs, qui firent tant par
leurs artifices, qu'il fut traitté comme nostre
Seigneur. Car par tous les chemins où il passa,
les peuples les remplissoient de Rameaux, &
bien tost apres on le voulut crucifier.

Apres cela, pour faire la guerre ou la paix,
on iugea que sa personne estoit necessaire en
Italie, ayant à faire auec Spinola, & au Duc de
Sauoye, inconstant en ses desmarches, & qui
vouloit faire le neutre au commencement:
mais comme on le pressa de parler clair, on le
veid en vn instant se declarer ennemy de la
France: qui fut cause que, sans temporiser dauantage, on s'alla loger sous Pignerol, qui fut
emporté en vnze iours, ville & Chasteau, à la
barbe des Espagnols, Spinola, Collalto, & le
Duc, y estans en personne. Quoy? Pignerol est
entre les mains de mon fils? cette place si necessaire pour les entrées en Italie? Il me sou-

uient que lors de mon grand deſſein, i'auois
donné charge à Bullion, duquel ie me ſeruois
fort, de n'acorder rien auec le Duc de Sauoye,
qu'en me donnant pour ſeureté cette place,
que ie tenois fort importante? Et pour laquelle auoit renduë vn peu legeremét, le Roy mon
predeceſſeur fut fort blaſmé autresfois.

Mais il y a bien plus, dit Villeroy : car on a
fortifié Briqueras, emporté les Forts des Val-
lees, Auigliane, Saluees, toute la Sauoye, excepté Mőtmellian qui ne ſe peut ſecourir, bat-
tu les Eſpagnols aupres d'Auigliane, à Carignan, & fait leuer le ſiege de Cazal, ſans ſe ſou-
cier des proteſtations qu'vn certain perſonna-
ge faiſoit, declarant qu'il n'eſtoit point de cet
auis, puis qu'ils ſçauoient le Traicté fait à Ratisbonne, lequel il valloit bien mieux ſuiure,
que d'aller hazarder leur vie & la reputation
des armes du Roy, en vn voyage qui de ſoy
eſtoit impoſſible, & plein de tant d'inconue-
niés, que le profit qui en pouuoit arriuer eſtoit
ſi petit au prix, que c'eſtoit temerité & tres-
mauuais conſeil d'entreprendre d'vſer de force pour vne choſe qui eſtoit aſſeuree & entre
leurs mains.

Mais le Mareſchal de Schomberg, qui eſt de
voſtre nourriture, qui fut fort bien ſecondé de
ce braue vieillard le Mareſchal de la Force, cő-
ſiderant la gloire qui s'acqueroit en ſecourant
cette place, le bien qui en reuenoit au Roy,
couronnant par là toutes ſes actions paſſees,
qui perdoient autrement beaucoup de leur

luftre, & les fermens faits fur ce fujet au Cardinal de Richelieu, qui euft encores entrepris ce voyage & commandé l'armée pour le fecours, fans les machines de la Cour côtre luy; & fe voyant mis en la place de fon plus cher & meilleur amy, a efté fi heureux, que d'auoir executé ce qui fembloit impoffible aux Efpagnols & à plufieurs autres, qui ne croyoient iamais, que dãs vn pays ennemy on peût conduire vne armée, & la nourrir pour le temps qui feroit neceffaire à cette entreprife. Il furmonta neantmoins toutes ces difficultez fur la terre, comme celles de la mer au fecours de Ré contre les Anglois, qu'il deffit fi brauemét, qu'il fe peut vanter d'auoir acquis la gloire des deux plus belles actions que Capitaine aye fait depuis cinq cens ans en France.

Ce Cardinal l'entend (dit le vieil Marefchal de Briffac) d'agir ou faire agir auec telle refolution. Car coutre les Efpagnols il n'y a que d'eftre hardy; comme ie l'ay pratiqué commandant des armées en Piedmõt, où du commencement que Ferrand Gonzague vint contre moy, il brufloit & rauageoit tout. Ie le requis de bonne guerre fans qu'il me voulut ouyr : ce que voyant, ie fis comme luy, & en mefme temps il me demanda ce qu'il m'auoit refufé. Mais ie trouuay bien plus plaifant, quand le Duc d'Alue fut mis en fa place, qui arriua en Italie auec vn fon de brauades & de menaces, qu'il s'embloit qu'il deuft tout foudroyer. Ses apparats furent pompeux. Dans la

ſeule ville de Milan il fit vne leuée de huict
cens mil eſcus, vne nouuelle fonte dans le Cha-
ſteau de trente canõs, fait publier vne leuée de
neuf mille beufs pour ſes Charrois, fait faite
nombre de bateaux portatifs, fait venir d'Allemagne par le Lac de Garde des milliers dè ca-
ques de poudre, comme auſſi de Gennes &
Naples, & bien qu'il euſt vne armée de trente
mille hommes & cinq mille cheuaux, equipa-
ge de quarante canons, & aſſignation pour
l'armée, de ſix mois, il publioit hautement de
nouuelles leuées de dix mille Italiens, & autât
d'Allemans: ce qu'il faiſoit pour faire peur, &
donner eſclat à la grandeur de ſon Maiſtre. La
fin de cela fut, que ie luy enleué Vulpian, place
importâte à nos affaires, & qu'il s'alla eſchoüer
deuant Santia, lieu incogneu, que i'auois fortifié: où ayant perdu beaucoup de gens, ie l'en
fis deſloger auec tant de deſordre, que laiſſant
Sigiſmond Gonzague dans les trenchées auec
neuf Compagnies de ſon Regiment, & tous
les Marchands & Viuandiers, il nous donna
moyen de faire bonne chere ſans nouuelle deſ-
pence, & ſans plus ſejourner, quitta le Piedmõt, & s'en alla au Royaume de Naples, côtre
le Duc de Guiſe, qui euſt mieux faict de croire mon conſeil, d'acheuer le Milanois qui nous
eſtoit facile, & puis le reſte eſtoit entre nos
mains. Ie redis encore, qu'à l'endroit des Eſpagnols, il n'eſt que d'y aller la teſte baiſſee : on
les trouue ſouples, pourueu qu'on ne les mar-
chande point, comme ie voy qu'a fait ce Cardinal

dinal, qui a beaucoup de côformité auec moy
& principalement celle là , d'eſtre fidelle à
ſon maiſtre, & touſiours trauerſé comme ie
l'ay eſté per mes ennemis, qui côme les ſiens
ont mieux aymé hazarder de tout perdre, que
de laiſſer faire le bien.

On eſcrit, dit Villeroy, ſuiuant ce que dit
Monſieur le Mareſchal, que toutes ces menees ont faict vne grande playe à la France :
car elles firent partir le Cardinal d'Italie, où
ſon Armée, qui auoit veſcu auec ordre &
grande diſcipline, faiſant payer & chaſtier, ſe
licentia à mille deſordres, en fin tout ſe diſſi-
pa par ſon abſence : & par la propre confeſ-
ſion de Spinola, s'il euſt demeuré, Cazal n'auroit point eſté aſſiegé, ny, peut-eſtre, Mantoüe pris. Car les Allemans eſtans contraints
par ſa preſence de demeurer touſiours vnis
& ioints auec Spinola, ils n'auroient pas eu la
liberté de retourner à cette entrepriſe ſi malheureuſe & ſi facilemét executée : & cette nation s'eſtant portée ſi inſolemment contre les
alliez de la Frãce, fait bien voir ſon ingratitude. Car ſi on n'euſt point appaiſé les troubles
qu'ils auoient, & laiſſé faire Betlhen Gabor, il
eut ſecouru la Boëme, auquel cas ils ſe ſeroiét
trouuez tellemenr occupez, qu'ils n'auroient
pas eu le moyen d'aller au ſac de l'Italie ?

Mais en fin à quoy aboutit cet affaire du
Cardinal, dit le Roy ? Qu'on la voulu eſloigner de la Court, dit Villeroy. A cette parole

tous les assistans firent vn cry, auec vn Iesus,
les mains iointes, qui fut entendu de toutes
les campagnes voisines, monstrans par là l'e-
stonnement d'vne telle nouuelle, qui attira
beaucoup de gẽs, les vns dolents, & les autres
qui s'en resiouyssoient. Le Cardinal Polus
dit en son Anglois, que Buquinkan voudroit
auoir donné cent mille liures Sterlins & qu'il
fust par terre. Le Duc de Lerme replique:
cela n'est rien, car D. Iuan de Villela m'a dit,
que l'Oliuares en donneroit deux millions
d'or, parce qu'il a perdu ses escrimes contre
luy, auec grand peril des Estatss de son Maistre, Ses fougues estoient bonnes contre moy
qui estois vieux, & mes enfans foibles & de
peu d'esprit, & tous ensemble hors de la faueur que nous auions euë mais contre vn
grand Royaume, qui a vn ieune Roy belliqueux, assisté de bons & fidelles Ministres,
luy qui n'a iamais sorty du pays, ny veu ny
guerres ny affaires, pensoit-il que toute la
terre deust obyr à sa fortuue? Il s'est trompé,
& se trompera tant plus Il ira en auant. Il a
faict breche à l'honneur d'Espagne par les
vsurpations iniustes qu'il a entreprises, qu'il
a faillies, & ausquelles il ne cessera iamais de
trauailler pour reparer sa faute, qui se fera
tousiours plus grande, & en fin le ruinera.
Car comme on sera lassé de ses desordres, on
l'accablera. Et comment s'en pourroit-il garentir, puis que i'ay faict naufrage, moy qui

eſtois auſſi doux qu’il eſt turbulent? qui n’a-
uois autre but que de maintenir les deux
Couronnes en paix pour conſeruer nos Indes
& maintenir la guerre en Flandres contre les
maudits rebelles & meſcreans? On a veu
comment de mon temps les choſes ſont allees auec proſperité : & depuis que cét e-
ſtourdy gouuerne, on voit au contraire les
Indes rauagées. Les Heretiques qui ont quaſi touſiours tenu la campagne, pris les places imprenables de mon temps, & auec cela il a eſté ſi péu ſage, que de reſueiller la
guerre en Italie, que i’auois touſiours empeſ-
chee, quoy qu’il y euſt le Comte de Fuentes
aſſez mal aiſé à gouuerner, qui ne deman-
doit autre choſe par les bons conſeils que luy
donnoit le Duc de Sauoye : mais ie tenois la
choſe ſi perilleuſe, que ie m’y ſuis touſiours
oppoſé, pour eſtre bien plus aiſee à commencer qu’à finir, comme on le verra à cette
heure que les François y ont pris pied, qu’il
ſera bien difficile de leur oſter, eſtant à crain-
dre qu’ils ne vueillent laiſſer là touſiours vn
os à ronger aux Eſpagnols, qui les reunira à
la fin

C’eſt pourquoy ie croy que non ſeulement
Oliuarez voudroit donner deux millions,
mais quatre, & qu’on l’euſt ruiné, de crainte
qu’il ne le face perir : parce qu’il eſt ſi heureux, que tous ceux qui luy ſont contraires
perdent la vie, comme Buquinkan, le Duc

de Sauoye, Spinola Collalto, & plusieurs autres. Et luy mesme a desia eu quelque secou-
se: qu'il prenne garde à luy, car il n'y a point
de sagesse contre la fortune.

Apres l'estonnement passé de tous, le Roy
demanda si c'estoit son fils qui auoit voulu si
mal recompenser vn tel seruiteur? Non Sire,
dit Villeroy, au contraire il la soustenu. La
chose vient d'ailleurs. Mais le bon que i'y
vois pour luy. c'est qu'on l'a attaqué dans son
fort, c'est à dire dans vn temps que tout le
monde disoit du bien de luy, & auec raison,
veu les grands seruices qu'il venoit de rendre,
& ses bonnes intentions qu'il ioignoit à celles du Roy, de bien-tost faire leuer & oster la
plus part des pesants fardeaux dont le pauure
peuple est chargé & sur tout de faire bien tost
esclore ce bien dans la bonne ville de Paris.
Car si la chose eust esté autrement, ie crois
qu'il luy fust arriué comme à Aristides, de
souffrir du mal pour estre homme de bien, sçachant de bône part qu'il est tel, & qu'il craint
Dieu, auquel il a la mesme confiance de Iob,
quand il disoit *Pone me iuxta te, & cuius vis
manus pugnet contra me.*

Ie loüe mon fils, dit le Roy, de l'auoir
maintenu: car s'il l'eust abandonné, il per-
doit tout son credit, & n'eust iamais trouué
homme qu'il, eust voulu seruir: & de plus, il
estoit à recommencer: car il est le maistre
maintenant, où n'ayant plus vn tel Ministre

il enſt bien eu des affaires à des meſler, ne co-
gnoiſſant point d'homme à mettre en ſa place
& quand il en auroit, auant qu'il y fuſt accouſtumé comme auec cettuy-cy , ſon
Royaume & ſes affaires ſeroient en grand
deſordre , veu que tous changemens de
telles perſónes ſont tres-perilleux. C'eſt pourquoy ie croy qu'on ne le pouuoit laiſſer aller,
car il eſtoit trop neceſſaire.

Ce n'eſt point neceſſité, Sire, qui le fera re-
tenir, dit le Preſident Ianin : c'eſt amitié. Car
ie ſçay bien que le Roy l'aime, & doit bien
haïr ceux qui auoient faict cette menee. Et
qui ſont ils dit le Roy? Marillac en eſt vn,
Sire, dit Villeroy, qui pour payer le Cardinal de l'auoir eſleué, l'a voulu ruiner, ne ſe
reſſouuenant plus qu'il auoit veſcu ſous le
Chancelier de Sillery , ſans auoir iamais eu
autre commiſſion de luy que de dreſſer les
bancs & les eſcabelles aux Eſtats de Nantes,
& de viſiter les écrits de Seruin. Attendez,
dit le Chancelier de Sillery , il en eut encore
vn autre: Mais ie veux que vous ſçachiez auparauant, qu'auec ſa pieté, apres ma diſgrace
à Tours, à la table du ſieur Mangot qui eut
ma place, & ne la garda gueres, il meſdiſoit de
moy publiquement, & dés que ie fus remi
il ne laiſſa d'eſtre des premiers à ſe r tuuner e
mon cabinet : & le ſoir comme o ne pe
ſoit donner cét aduis comme vne quuu
ie reſpondis que ie le ſçauois bien, mais qu

falloit laiſſer telles choſes comme les pierres
dedans les mauuais chemins , leſquelles ſi on
vouloit toutes ramaſſer , on ſuccomberoit
ſousle fais, qui eſtoit cauſe que ie n'en voulus
faire compte. Or çe que ie vous voulois dire
eſt que ſous le pretexte de cette deuotiõ que
vous ſçauez, il ſongea à vne affaire que ie cõ-
feſſe qui me fit rire, me propoſant de r'allumer vne lampe fondee par Charlemagne à
à Aix la Chappelle (notez cela) qui au grand
deshonneur du Royaume eſtoit eſteinte depuis quelque temps :  çe qu'il fit ſonner ſi
haut,  que  pour l'appaiſer & contenter ſon
zele, ie luy donnay encore cette commiſſion.
Mais ce qui fut bon, & dont ie ne me meſlay
pas, c'eſt qu'il trouua moyen ſur ce ſujeCt de
ce faire donner quatre mille eſcus pour les
employer ( diſoit-il) en ornemens, qui obli-
geaſſent les Chanoines de r'allumer ce feu
qu'ils auoient laiſſé eſteindre. Dequoy tous
ſe mirent à rire. Et apres, Villeroy reprenant
la parole, dit: On le tira en fin des Maçons
des Carmelines pour le faire Surintendant
des Finances & Garde des Seaux, & auec ſa
beatificatiõ ſuppoſee, ne pouuant aſſouuir
ſon ambiciõ, il voulut faire ruiner ſon bien-
faCteur pour prendre ſa place: au lieu dequoy
il a eſté chaſſé, ſon frere empriſonné, & ſa reputation diffamee.  Et dit-on,  qu'au meſme
lieu où il auoit ſi long temps exercé ſon hu-
milité,  la reſolution fut priſe d'executer ce

qu'il auoit conseillé de faire, qui fut remar-
quee par vne Dame s'estant trouuee là, qui
dit en passant, ou par congratulation de ce
grand ouurage, ou craignant peut-estre de
perdre au change, Dieu vous doint bien faire
sans auoir eu autre responce de Beate, qu'vn
petit sousris. Sardonique, auec lequel il s'en
alla fort gay, pensant que dans trois iours il
seroit le seul Gouuerneur de l'Estat. Il ordon-
noit pour les Finances d'Italie, qu'elles seroient mises entre les mains de celuy que son
frere nommeroit, donnoit les heures des
conseils particuliers qu'il auoit à tenir auec
certains confidens, & declara pour dix ou
douze iours de suite, ce qu'il auoit affaire. Et
ayant veu des le Dimanche l'orage commencer sa joye, & son orgueil redoubla en sorte,
que le Cardinal l'ayant enuoyé conuier de
passer à son logis auant d'aller chez le Roy,
il s'en excusa, pour auoir pris medecine, &
neantmoins le Cardinal arriuant à Luxem-
bourg, où la Reine logeoit, il le trouua dans
vn petit cabinet seul, & luy dit seulement!
Ho, Monsieur, vous voila! & vous disiez que
vous estiez malade? & passant outre, s'a-
uançoit pour parler au Roy. Et luy voyant
tant d'allees & venuës, commença auec vn
sousrire dedaigneux de demander à vn, qu'il
fit seoir aupres de luy, qu'est ce cy il y a quelque chose: dites moy que c'est pensant lors
en son ame auoir la victoire entiere, ce

qu'il creut mieux encore, lors qu'il sceut les
discours tenus au Cardinal, qu'il creut e-
stre sans resourse, quand il le vit partir, &
qu'on luy commanda d'aller à Versaille
pour, selon son aduis, prendre possession
de l'Empire; mais quand il y fut arriué, &
qu'on le logea à Glatigny, le Cardinal dans
le Chasteau, alors il cogneut qu'il estoit bien
loin de son compte, qu'il auroit à faire à gens
plus fins que luy, & qu'il estoit perdu. Ce
qui l'obligea d'escrire cette belle lettre qu'il
donna le lendemain à Lomenie: qui luy vint
demander les Seaux, par laquelle il donnoit,
comme Harlequin, congé à son Maistre.
Par le Corbieu, voila vn mauuais homme,
dit le president Iauin, & qui à vsé en tout cela
d'vne grande perfidie: *Perfidia tantum incom-*
*modi humano generi àdfert, quantum salutis*
*bona fides præstat.* dit le Garde des Seaux du
Vair, s'estonnant comment le Cardinal de
Richelieu auoit procuré tant d'honneur à
cét homme. Et moy encores plus, dit le
Roy, qui me fait bien rabattre de la bonne opinion que i'auois de luy, Sire, ne le
prenez pas là, dit le President Ianin, les
plus fins sont attrapez par ces papelards, qui
font les chatemite, & sous protexte de deuotion vous donnent de la griffe. Et nostre Seigneur ne nous aduertit il pas de nous
garder de ces *loups qui viennent auec des*
*peaux de brebis?* Ces paroles signifient
le

le peril qu'il y a en telles gens, & que pour
s'en garentir il ne falloit pas vn conseil
moindre que celuy de Iesus-Christ, lequel fut
aussi vendu par vn de ceux qu'il auoit choisis:
& comme il sçauoit bien qu'il conspiroit contre luy, aussi le Cardinal sçauoit, il y a deux
ans & plus, ses menees : mais sa patience & sa
bonté, à l'imitation de son maistre, luy fai-
soient dissimuler, esperant qu'il s'amande-
roit : & le Roy mesme declara à Messieurs du
Parlement, qu'il l'eust chassé il y a long temps
sans luy.

De mauuais œuf, mauuais Corbeau, dit le
Cardinal du Perron. Que pouuoit on esperer en la vieillesse d'vn homme, de qui la
ieunesse a esté passionnée contre l'Estat. I'ay
aymé le Cardinal de Richelieu comme moy-
mesme, n'ayant iamais cogneu de son aage
aucun qui eust vn genie si puissant pour l'E-
stat, ny si fort contre les Heretiques. Mais ie
passe condemnation contre luy, d'auoir choi-
si cet homme pour amy, sans consulter le
vray original des bons François. Le President de Thou, qui escriuant l'emprisonne-
ment du President de Harlay, que voila gron-
dant, pensant qu'on luy demande audience,
met que Bussi estoit chef de cette execution,
*stipante Marilliaco, & aliis, cruenta religione
imbutis.* Ouy, repliqua Tenin, mais il n'a pas
mis la peur qu'il me fit, quand à la mesme
heure venant dans la cinquiesme Chambre
des Enquestes, de laquelle i'estois : ie me ca-
E v

chay fous des fagots aupres de *la Buvette*,
& l'entendois iurant le Nom de Dieu, le
poignard à la gorge de Maiftre *Pierre* no-
ftre Beuuetier, le menaçant de le tuer, s'il ne
luy difoit où i'eftois : & bien me prift qu'il ne
me decela pas : & à *Fortia* d'auoir de bonnes iambes pour s'enfuir, car il luy en vouloit
auffi bien qu'à moy : & s'en eft tellement fou-
uenu, qu'il ne l'a iamais voulu voir au vifa-
ge depuis qu'il fut efleué en fes dignitez, fe
le reprefentant toufiours auec la furie de ce
iour là, maugreant & reniant Dieu, comme il
faifoit.

Il faut oublier le paffé, dit le Cardinal de
*Berulle*, & n'y fonger plus : c'eft vn bon
homme & pieux, qui ne blafphema iamais.
Il l'auroit mieux excufé, dit *Seruin* à l'au-
reille de *Gillot*, s'il euft reparty comme le
Cardinal de *Richelieu* à fon Capitaine des
Gardes, qui fe plaignoit d'vn Prelat, de ce
que fur vn refus qu'il luy auoit fait, il auoit
auffi iuré le Nom de Dieu, vous vous trompez, repliqua-il, *Iefus*, & Dieu, c'eft la mefme
chofe, il a feulement pris l'vn pour l'autre : &
puis eftiuant fa voix, il dit, Monfieur, pour-
rez vous nier que cet homme n'aye efté vn des
plus grands ennemis de nos deux derniers
Roys ?

Ha ! Monfieur eftes vous là, dit le Cardinal ? Vous eftes fufpect en cefte caufe, car
vous n'auez iamais efté d'vn mefme aduis fur
nos priuileges de l'Eglife Gallicane que vous

estendiez vn peu plus qu'il ne falloit, & sur
voſtre *sanctum seculare*, que vous tiriez de
Sainct Paul par les cheueux, pour faire nos
Roys Papes : & puis il vous a vn peu teſtonné
sur vos conclusions que vous auiez prises contre certains liures, où il vous lauoit bien la
teſte. Monſieur, dit Seruin, i'ay touſiours eſté
bon François, & me ſuis volontiers oppoſé
aux entrepriſes faites contre la Couronne:
c'eſt pourquoy il eſcriuoit contre moy, &
qu'il fiſt imprimer ſon pernicieux Examen,
où il aſſubietit la Royauté ſoubs d'autres
puiſſances, ſuiuant les anciennes maximes
de quatre vingt neuf, qui ont engendré tant
de mal heurs à la France, & leſquelles i'ay
touſiours combatues comme damnables &
contraires à la ſeureté des Eſtats. Non que
i'aye voulu oſter les Roys du bercail de l'E-
gliſe, & les rendre Paſteurs au lieu de brebis : mais bien ay-ie touſiours dit, qu'il falloit de grandes conſiderations deuant que de
venir aux excomunications, à cauſe du rang
qu'ils tenoient, & des conſequences peril-
leuſes qui s'en pouuoient enſuiure : mais que
toutesfois ſi la neceſſité force d'en venir là,
que pourtant ils ne doiuent pas perdre leur
bien ny la fidelité & obeyſſance de leurs
ſubiects. Ie prendray Monſieur Gillot pour
teſmoin de ma conſcience, que i'ay touſiours
eu nette ſur cette matiere, auſſi bien que luy
ſur celle du Concile de Trente, lequel il n'a

pas eu deſſein d'inualider, comme on luy a
imputé : mais ſeulement a voulu faire voir la
diſpoſition du ſiecle de ſon temps, qui ſouſpi-
roit vne bonne reformation ; & ſur tout d'o-
ſter le Celibat & le Careſme, comme contraires au genre humain.

Il eſt touſiours luy-meſme, dit le Cardinal,
diuagant & ſautant d'vne matiere à l'autre.
Vous ſouuenez vous quand vous plaidiez la
cauſe d'vne femme qui auoit enleué ſon ma-
ry de la potence, que voſtre concluſion fut
contre le Cardinal du Perron, que le Concile eſtoit par deſſus le Pape ? Surquoy Seruin s'eſchauffant, dit : Ie reprendray mon
diſcours, & prouueray diſertement ce que
i'ay dit, & nul ne me niera qu'il n'aye ſigné
le ſerment horrible qui ſe fit contre Henry
troiſieſme, qu'aucuns afferment auoir fait de
ſon propre ſang, & qu'il eſtoit de ce conſeil,
duquel Monſieur de Neuers a dit il y a quarante ans, † *Ils ſe reſolurent de forger vn Conſeil*
*Paris de quelques perſonnes choiſies à leur poſte*
*& deuotion pour ordonner & diſpoſer des affaires*
*du Royaume ainſi que bon leur ſembleroit. Ils*
*monſtrerent dans l'eſtabliſſement de cinquante*
*quatre perſonnes, dont ils le compoſerent, qu'ils*
*ne ſe ſoucioient d'aucune capacité, ſuffiſance &*
*experience en eux, pourueu qu'ils y trouuaſſent de*
*la paſſion, de l'aueuglement, & de la temerité:*
*tellement que les plus mutins & les plus enne-*
*mis de la Maieſté, leur furent les plus capables.*

*Auſſi*

*Auſſi firent-ils a leur entree vn trait digne de notables Conſeillers d'Eſtat; en quoy leur ignorance ne parut pas moins que leur paſſion, & la ſeruitude qu'ils auoient denoncé a celuy qui les auoit creez, &c.*

*A quoy, au lieu d'auoir eſgard apres leur ſotte & imaginaire degradation de la perſonne du feu Roy, (auparauant meſme que ſa Sainčteté y euſt touché) & de proclamer promptement vn autre Roy, ou a tout le moins appeller vn Prince du Sang pour exercer cette Regence: ce beau Conſeil, fait de toutes pieces, comme vne botte de foin de toutes ſortes d'herbes, &c. ſigné de Marillac, & pour Greffier Senault.* Par cette allegation vous voyez que ie n'ay pas tort de hayr le nom de cet homme; & quand vous entédrez ce qui ſuit, yous meſmes le condamnerez *a.* Car depuis on ne ceſſa iamais de pourſuiure le Pape auec mille impoſtures, & ſurtout des rodomontades, que le Roy *b* eſtoit accablé, & que toutes les grandes Villes & les Parlements, gráde partie des Officiers de la Couronne, Capitaines & Seigneurs, & entre tous le Clergé eſtoient vnis auec eux. Qui fut cauſe de le faire precipiter à publier le Monitoire contre le Roy, cuidant qu'il fuſt perdu; qui cauſa vn grand malheur. S'ils en fuſſent demeurez là, le mal euſt eſté moindre. Mais voulant eſteindre toute la maiſon Royale, ils pouſſerent l'affaire touſiours auec la meſme fureur contre la perſonne de voſtre Majeſté, & obtindrent vn Monitoire plein d'horreur, yous

F

a Diſcours
de Môſieur
de Neuers.
b Henry
III.

Le Monitoire fut publié le 22. &
23. Iuin à
Meaux, le
9. Iuillet à
Chartres, &
le dernier
de Iuillet
cette furie
d'Enfer
partir de
Paris pour
ſon cruel
parricide.

priuant de voſtre Royaume de Nauarre, dignitez & charges, vous declarant indigne,
inhabile, & incapable de poſſeder aucunes
Seigneuries, & ſpecialement le Royaume de
France; & la publication en fut faite à Noſtre
Dame, où Michel de Marillac s'y trouue encor ſigné: & par cette malheureuſe fulmina-
tion on vouloit eſtouffer dans vos reins ce
grand Roy voſtre fils, qui eſt auiourd'huy le
plus renommé Prince de la terre, par les gra-
des actions qu'il a faites contre tous ceux
qui ont ent repris contre luy : & de plus s'en-
ſuiuit le peril que vous courutes depuis à Paris.

Vous m'eſtonnez de tout ce que vous me
dites, dit le Roy, ne peuuant conceuoir en
mon eſprit, commét cela ne s'eſt point ſçeu
pluſtoſt; & ſi l'on l'a ſçeu, comment on l'a
tant ſouffert. Et le Parlement comment vi-
uoit-il auec luy ? Mal, dit le premier Preſident Champigny. Car comme le Preſident
le Iay fut deputé vne fois vers la Royne, pour
luy faire des remonſtrances ſur le Code Mi-
cheau, lequel ie diray par parentheſe, que
quand il fut rapporté au Palais en la preſence
du Roy, parlant des Eſtats compoſez (diſoit-
il) de l'Egliſe, Iuſtice, Nobleſſe, & tiers Eſtat,
il penſoit par cette impertinente nouueauté
de propoſer quatre Corps au lieu de trois,
dont les anciennes Aſſemblees dans le Royaume ont touſiours eſté compoſées; & mettant la Iuſtice deuant la Nobleſſe, eſtablir vn

ordre qui seroit comme enregistré en cette compagnie qu'il pensoit obliger par là. Mais le fruict qu'il en tira, fut qu'on se mocqua de luy, & que s'estant eschauffé contre la harangue il disoit, Vous m'attaquez, ie vous entéds bien. Il est bien aisé, dit le President, car ie parle bon François: luy voulant donner par cette attaque sourde vne atteinte, qui signifioit qu'il ne le tenoit pas pour tel.

De quel Code voulez-vous parler, dit le Roy? A-on adiousté quelque choses aux anciennes Ordonnances? Il me semble qu'elles estoient assez claires, & qu'il ne falloit que les bien obseruer. Qu'en dites vous Monsieur de Sillery? Lequel respond: Sire, ie vous asseure que ie n'y ay peu rien comprendre, & que luy mesme n'a pas entendu ce qu'il a voulu dire, se voyant par plusieurs articles qu'il a eu dessein de renuerser tout ce qui estoit du passé, pour le reduire sous son caprice sans raison, faisant quasi par tout des ouuertures à ne l'obseruer point. Toutes les anciennes Ordonnances estoient pour authoriser, faire reuerer & honorer la personne du Roy, estant porté en icelles; *remettant toutes les difficultez, contrauentions, & oppositions, à Nous, pour en ordonner, &c.* où celles-cy euoquent tout au Conseil pour en deliberer & ordonner comme on verra bon estre: qui est en vn mot attirer à soy toute l'authorité, & faire vn Roy de cire, qui ne pourroit agir de pleine puissance Royale sans l'ayde de son

Seau ; qui est bien loin de la façon respectu-
euse, que ceux qui ont possedé nos charges
ont tousiours rendu aux Roys. Monsieur de
Bellievre ne viuoit pas ainsi auec vostre Majesté.

Alors l'Euesque d'Orleans quittant son
Tertullien, qui l'auoit mis tout en eau, prit la
parole & dit : Vous n'auez pas tout dit de ce
beau Code, lequel non seulement estoit contre la Majesté des Rois, mais encores contenoit des heresies, pour lesquelles aucuns du
Clergé auec moy luy declarasmes, que s'il n'y
remedioit, nous l'excómunierions auec son
liure : & entr'autres, nous luy montrasmes
l'article du Concile de Trente, (lequel bien
que non receu en la police, pour la foy il l'est
par tout le monde) qui defend les mariages
clandestins ; luy veut que les Parlements les
declarent nuls, par vne attribution de pouuoir iuger des Sacrements, & faire plus que
le Concile, qui les defend bien, mais ne les
annulle pas ; car *quod Deus coniunxit homo non
separet*. Il demeura muet, s'excusa sur son intention, qu'il affermoit n'auoir iamais eu
mauuaise, & qu'il y falloit remedier par l'examen qui en seroit fait fort promptemét. Surquoy fut ordonné le sieur de Bullion Com-
missaire pour cet effect, qui n'a pas fait de
difficulté d'apostiller ces beaux articles, où
l'on voit qu'il prononce: Cettuy-ci sera osté:
cettuy là corrigé: on adioustera tels mots: on
changera ceux-cy. En sorte que si on eust

prononcé fur tous, on n'en euft laiffé aucun.

C'eftoit fa precipitation, dit le Prefident de Verdun, *ore obtorto*, qui luy faifoit tout entreprendre de fa tefte, ne voulant rien cómuniquer auec perfonne, tant il auoit bonne opinion de luy, croyant pouuoir tout faire fans eftre blafmé. Et qui ne s'eftonna vn iour, le Roy allant au Parlement, de luy voir porter huict Edicts, qu'il n'eut pas le loifir d'acheuer à fon logis, & les alla feeller fur l'Autel de la faincte Chapelle, ( qui fembloit ne deuoir iamais eftre purifié de telle profanation que par le feu qui y a efté mis depuis. ) Pour montrer auec combien peu de confideration il faifoit les affaires, qu'il conduifoit pluftoft auec impetuofité qu'auec raifon. Et fi ces Edicts, qui fe pouuoient tous reduire en trois ou quatre, euffent efté couchez en bonne forme, le Roy en euft eu contentement, & euft empefché beaucoup de crieries: Par où l'on peut iuger de la difference de fçauoir bien ou mal faire les chofes. Il vouloit prendre feance par deffus moy au Parlemét, quand il y viendroit feul : Ie l'en euffe bien empefché, commé i'ay fait voir par la fueille que i'ay fait imprimer : & quoy que Ribier puiffe auoir efcrit au contraire, ie me ferois pluftoft fait tourner la bouche de l'autre cofté, que de luy auoir cedé.

C'eft parler en homme de cœur, dit l'Aduocat Arnaud : Mais puis que vous luy en voulez, comment n'auez vous point fceu

les difcours que nous faifoit Monfieur des
Landes , de fon entrée au Parlement auec
le Roy, pour prefenter ce ridicule Code,
& afin de perfuader & obliger la Cour à le
receuoir ? Il commança fa harangue par la
maladie du Roy, les fecours donnez en Ré,
& la côtinua par la defaite de l'armee Angloi-
fe, du retour des deux autres armees, fans aucun effet, du fiege de la Rochelle, & de la cir-
conualation qui y fut faite , du fiege de Tyr
par Alexandre, de la puiffance de la Mer qui
ruina fa Digue, de l'antiquité des vaiffeaux à
feu mentionnez dans Quinte-Curce , pour
monftrer que les Rochelois fe vantoient à
tort d'en eftre les autheurs ; de l'Ordônance
de Theodofe, & Honorius touchât le Nil ; du
miferable eftat de la Rochelle quand elle fut
prife ; du Traicté qu'elle auoit fait auec l'Anglois ; de la ruine de Bizante par l'Empereur
Seuere , de Limoges par Charlemagne, des
gardes du Roy entrées dans la Rochelle pluftoft comme trouppes auxiliaires, que con-
quérantes. Ne font-ce pas preuues pertinen-
tes pour l'authorité de fon Code? Et reco-
gnoiffant trop tard fon impertinence par la
moquerie qu'il apperceut qu'on faifoit de
luy, il vfa de menaces par vne infinité d'exé-
ples hors de propos pour faire peur ; & en vn
mot, dire qu'il eftoit iniufte & ridicule, non
receuable que par la force. Auffi a-il efté fi
mal receu, que s'il y auoit Aduocat fi hardy
de le citer, il feroit fiflé par la Compagnie.

Chacun conclud, qu'à son humeur tout sembloit possible, & qu'on ne s'en estonnoit, veu qu'il n'auoit point eu de hôte de publier & aduoüer la traduction, & rimes de ses Pseaumes, qui auroient fait rougir tout autre que luy. Alors le Roy imposa silence à tous, voulant sçauoir quelle auoit esté l'issuë de l'affaire.

Que le iour de la Sainct Martin ( lequel Botru nomma ingenieusement la iournée des Duppes ) respond Villeroy, plusieurs croyoient que le Cardinal fust par terre ; & ses ennemis s'en resioüissans, les gens de bié en souspiroient, & les Huguenots mesme se desesperoient de cet accident, par ce que l'ayant trouué fidelle à leur maintenir ce que le Roy leur auoit promis, ils craignoient de retomber dans les maux dont ils venoient de sortir : Et que comme on taschoit de renuerser l'Edict de Paix qu'il auoit conseillé, ils n'esperoient que toutes sortes de miseres par son esloignement : C'est pourquoy ils s'affligeoient fort du bruit qui en courut. Et comme le lendemain on veid esclater trois grandes nouuelles, La cullebute de Garde des Seaux, L'establissement en sa place de Chasteau-neuf, & le Iay fait premier President; tout le monde changea de visage, les gais du iour precedent deuindrent Melancholiques, & les affligez recommencerent à rire.

Cela est chose ordinaire à la Cour, dit le Roy, & i'ay veu mille chose semblables; mais

cependant voila vn bon choix : Et Dieu
vueille que tous ceux qui se feront à l'adue-
nir, soient semblables: l'Estat en ira de mieux
en mieux. Le President le Iay fera bien cette
charge. Pour Chasteau-neuf, il est de ma nou-
riture. Monsieur de Villeroy, vous sçauez
que ie vous ay dit, il y a long-temps, qu'il
prendroit vn iour la place de son grand pere,
de son oncle & la vostre : & dés que ie l'en-
uoiay en Hollande, pour estre conioinct auec
le President Ianin dans le Traité de la Treue
qui se faisoit, i'en eus la pensee ; sur ce que
m'estant venu trouuer vne fois sur ce sujet, ie
cognus qu'il seroit propre aux affaires ; & le
mesme President me l'a tou-jours fort estimé. Ce n'est pas à tort, respond ce bon Vieillard, comme il se void par les continuels em-
plois qu'il a eus depuis : & se peut dire, que
iamais homme n'est entré en sa place, qui
aye tant negotié dans les pays estranges.
Et Bethlen Gabor le remarqua fort bien en
son Ambassade d'Hongrie auec le Duc d'An-
goulesme. Il a esté Ambassadeur en Flandre, en Suisse, Grisons, Venise, Angleterre.
Bellievre, qui brauement mit l'espée à la
main dans les Grisons, contre l'Ambassadeur d'Espagne qui le vouloit preceder; & de
Sillery, qui auoit aussi veu les Pays estranges,
n'ont pas mal entendu leurs charges, l'vn &
l'autre ayans à la verité long-temps outre cela esté employez dans les plus grandes negoci-
ations du Royaume : mais tous les autres,
qui ont

qui ont eu credy, n'auoient iamais quitté le
Palais, côme Poyet, du Prat. Pour du Bourg,
il auoit aussi fort voyagé, respond le President, en riant, car il venoit de Surie quand il
fut fait Chancellier. Et ce qui n'empire pas
les conditions de cestuy-cy, ce sont deux ou
trois années qu'il a eu d'employ & de grande
priuauté auec le Cardinal de Richelieu, qui
luy ont apris des choses qu'on m'a dit, qu'il
confesse luy mesme luy auoir donné de grandes lumieres, qui luy auoient esté incognuës
iusques alors.

Tout ce que vous dites est vray, dit Villeroy: Et j'adiousteray encor ce qu'on escrit, &
que ie trouue fort à son honneur & à cehuy
de son predecesseur, assauoir les lettres de sa
charge, portans, *Que le Roy n'ayant peu*
*auoir plus long-temps agreables les seruices du*
*sieur de Marillac en la charge de Garde des Seaux*
*(notez cela) ayant a la remplir de quelque per-*
*sonnage, auquel les qualitez que requiert vn si grãd*
*office se trouuassent au degré de vertu qu'il con-*
*uient, afin que nous en ayons non seulement satis-*
*faction, mais nos peuples aussi, & que de son equité*
*& droicture ils puissent attendre & receuoir iusti-*
*ce aux plaintes qu'ils auront a nous faire, & qu'il*
*se fust acquis vne telle experience aux affaires d'E-*
*stat, qu'en celles qui se presenteront, nous puissions*
*estre assistez de son conseil. Ce que n'ayant trouué*
*en personne si eminemment, qu'en nostre tres-cher*
*& feal, & lequel nourry en nostre Parlement &*
*employé dés sa plus tendre ieunesse, dés le Regne de*

feu noſtre tres-honorè Seigneur & Pere, en diuers
Ambaſſades, & depuis pour nous employé aux
plus grandes affaires qui ſe ſont preſentees, ſoit dedans ou au de hors de noſtre Royaume auſquelles il
nous a dõné des preuues de ſa capacité & fidelité,
s'y eſtant acquis le renom qui conuient a vn Garde
des Seaux, & l'experience pour dignement nous
ſeruir; Nous n'auons peu ietter les yeux que ſur
luy, eſperant que ſon ſoin & ſa vigilance nous ayde-
ra a reſtablir noſtre Royaume en exemple a la po-
ſterité: ce qui retournera a la gloire de celuy qui
nous a touſiours couuert de ſes aiſles.

Voyez, dit le Roy, ſon oncle le Mareſchal
de la Chaſtre qui pleure de ioie. Qu'on appelle le Garde des Seaux de Moruillier, auquel
ce bonhomme diſoit que ſon neueu Charles
reſſembleroit, afin qu'il aye ſa part de la nouuelle. Pour des gens d'eſpec-qui entrent au
Conſeil, le Mareſchal de Schomberg en eſt
touſiours, à ce qu'on m'a dit. C'eſt vn homme
ſage dés le berceau, & que i'ay touſiours aymé. Il y a ie ne ſçay quoy d'eſcrit ſur la face
des hommes, qui faiĉt veoir s'ils doiuent eſtre
quelque choſe ou nom, & cela ie l'ay leu ſur
la ſienne, & ie ne me ſuis iamais gueres trompé en mes iugemens. Et qui a les finances à
cette heure? Le Marquis d'Effiat, Sire, dit Villeroy: & lors qu'on croyoit qu'il fuſt ſans re-
ſource, apres tant de deſpences qu'il a ſouſte-
nuës depuis qu'il eſt en charge, il a ſi bien pris
ſes meſures, qu'il a entretenu cette guerre, &
en rapporte de l'argent, ſans auoir rien enta-

mé ſur l'aduance de l'annéé prochaine dans
pas vne des Receptes generales : qui fait
veoir qu'on y procede fidellement. Auſſi en
a il receu cet honneur, que ſur l'inſtance qu'il
a fait au Roy, d'eſtre deſchargé d'vn ſi grand
fardeau, offrant ſon conſeil & ſon aſſiſtance
à qui que-ce fuſt, qui fuſt nommé de ſa
Majeſté pour en faire l'exercice ; il luy a
commandé expreſſément de continuer ſa
function, comme le iugeant ſi neceſſaire en
cette adminiſtratió, qu'il croyoit n'y en pouuoir comettre d'autre ſans vn grand intereſt
en ſes affaires : & à Vigliane, où les troupes
du Duc de Sauoye furent bien frottées par
des gens plus foibles qu'elles n'eſtoient, &
encores à Carignan, où il monſtra en l'vn &
en l'autre, qu'il n'eſtoit pas moins bon pour
combattre que pour le maniement des finances ; dequoy s'eſt enſuiuy, que pour marque
de ſa vertu il a eſté fait Mareſchal de France.
N'y a il plus de robe longue dans les affaires, demanda le Roy ? Bullion y eſt, Sire, reſpond Villeroy, & y ſeruira tres-bien, car ie
l'ay touſiours cogneu accort & iudicieux. A
qui en parlez-vous, dit le Roy ? N'eſt-ce pas
encor vn de ceux de qui ie me ſeruois le plus?
Le Preſident Ianin n'en ſera pas marry. Non
Sire, reſpondit-il ie m'accommodois fort bié
auec luy, & auions accouſtumé de rire ſouuent enſemble quand nous eſtions de loiſir,
& principalement quand ie luy diſois ce de-
my vers, *Antruum mane petit.* Ie vous entends,
dit le Roy, & me faites ſouuenir du *Dis me ne*

*guarde de ma femme*, qui ne fut mal à propos.

Et qui a les defpefches eftrangeres ? Boutillier, Sire, dit Villeroy ; & les fera bien ; car il a bon fens, fidelité & fecret; & de plus dreffé de la main du Cardinal, qui ne luy aura pas efté vne mauuaife leçon, Il eft fils, dit le Roy, d'vn homme de bien, que i'ay cognu fincere, & en voulois faire vn Prefident fi i'euffe vefcu dauantage. Cela me fait bien efperer de mon fils, de ce qu'il ne prend pas le confeil de Roboan, qui chaffa tous ceux que fon pere aymoit, pour fe jetter entre les mains de gens nouueaux & inexperimentez,

qui le perdirent. Il paroift par là que ie ne faifois pas mal, puis qu'on fuit mes erres, & qu'on prend tous ceux defquels ie me fuis feruy, ou que i'ay aymez pour la conduite des affaires.

Mais ne dit-on rien dans des depefches du frere de Marillac ? Ouy, Sire, dit Villeroy, l'hiftoire en eft longue, & tout le monde le blafme de fon ingratitude, Car voftre Majefté fçait bien qu'elle n'en auoit iamais fait d'eftat depuis le fait de Caboche ; & qu'vne fois difnant chez Baftien, difant à tout plein de Seigneurs, Difnout mes enfans, mettez-vous a table auec moy, il s'y voulut mettre auec les autres ; & vous le fiftes leuer, difant que par vos enfans vous n'entédiez pas ceux de fa forte: & le chaffaftes du Bac à Sainct-Germain, difant, que vous ne vouliez point dans voftre compagnie de gens qui luy reffemblaffent ; pour faire voir que vous ne l'e-

ftimiez pas: & a vescu ainsi, iusques à ce que
le Cardinal de Richelieu luy procura la charge d'Ayde de Camp dans les armees contre
les Princes, & puis la charge de Commiſſaire
General de l'armee, en suitte la Lieutenance
de la Compagnie des Gendarmes de la Roi-
ne-Mere, auec la recompense, Au siege de S.
Iean il fut fait par ſon interceſſion Mareſchal
de Champ, & luy fit donner le Gouuernemét
de Verdun, la Lieutenance dans le Pays, &
les moiens de faire baſtir vne des plus belles
Citadelles qui ſoit en France : Et pour con-
clusion fut fait Mareſchal de France à Priuas
auec des peines indicibles, le Roy voſtre fils y
contredisant, ſe faſchant de refuser le Cardinal qui l'en ſollicitoit ; & neantmoins apres
l'auoir promis, il fut deux heures sans s'y
pouuoir resoudre: Et comme il eut fait le ser-
ment deux iours apres, ayant ſujet d'eſ-
crire au Cardinal, il le traita ſimpleme̅t
*de voſtre bien-humble ſeruiteur* : pour montrer que les honneurs bien meritez auoient
en vn inſtant changé ſes coutumes. Apres il
fut Lieutenant General d'armee ſeul en Chá-
pagne, où il n'a pas mal fait ſes affaires, à ce
qu'on dit; & pour recompense de ce que deſ-
sus, luy & ſõ frere ont voulu ruiner l'autheur
de leur bonne fortune, comme il ne peut
s'empeſcher de le temoigner partant de Verdun, disant, Il y a long-temps que mon frere
& moy luittons contre le Cardinal, mais i'eſ-
pere qu'à ce coup nous le porterons par terre; & ſon frere a eſté veu ſombre & morne

dans tous les bons progrez d'Italie, comme
ces Medecins, quand ils ont iugé quelqu'vn
à la mort, pour la reputation se desesperent
s'il guerit. Et fut remarqué par plusieurs personnes vne ioye incroyable, quand il sceut
dans le Seau, la prise du Mantouë, qui luy ré-
plit le visage de gayeté lumineuse, & avec vn
*Nous en verrons bien d'autres. Et si on m'eust creu*
Il appella tous les Secretaires qui auoiēt des
lettres rebutées, & les fit apporter, & les seella
toutes, pour par ce moyen faire les feux de
ioye d'vne si bonne nouuelle, estant de cette
humeur, de vouloir auoir vne iustice & vne
raison à sa mode : car ce qu'il faisoit n'estoit
pas parce qu'il sembloit ainsi aux autres : mais
parce qu'il estoit porté à cela par sa fantasie,
n'ayant iamais esté de l'opinion de la compagnie, mais voulu tousiours que tout le mōde
fust de-la sienne, au surplus deuenu si fier,
qu'il sembloit que comme vn lion il deust de-
uorer tout le monde, offençant vn chacun
doublement du reffus & de la maniere qu'il
y apportoit, montrant bien qu'il auoit mal
estudié la Pratique de Messieurs de Chiuerny
& de Sillery, qui adoucissoient les mescontē-
temens de ceux qui perdoient leurs causes,
par des paroles douces & ciuiles, qui empes-
choient le desespoir, que donnoit cettui-cy,
deuenu inaccessible à tous ceux du Conseil
mesme, se tenāt souuent renfermé, escriuant
tousiours de mauuais memoires, & faisant
des liures, qui réüssissoient si mal, que Toirax
en fit pendre vn publiquement & brusler a-

pres pour la faulſe monnoye qui eſtoit con-
tenuë dedans : & ce qui eſtoit de pis, c'eſt
qu'il ne rendoit point iuſtice, eſtant perpetuellement dans les cabinets de la Reyne, où
il auoit cette ruſe d'entrer de bõ matin, pour
faire voir qu'il auoit grand creſu : & comme on le voulut deſcouurir, on trouuoit qu'il
entretenoit deux ou trois heures les femmes
de chambre : & puis quand on l'appeloit, il
ſe trouuoit qu'il n'auoit rien à dire, qui en vn
autre temps l'euſt fait trouuer importun &
faſcheux, ne laiſſant pas de continuer pour
payer le monde de ce luſtre, qu'il manioit les
cabinet à ſa mode, faiſant plus d'eſtat d'vn
garçon de chiens que d'vn Maiſtre des Re-
queſtes : & cependant qu'il s'amuſoit à ces
bagatelles, les pauures parties languiſſoient,
le maudiſſant de ne pouuoir eſtre expediées,
& demeurer ruinées en la pourſuitte de leurs
affaires : Et cela n'eſt rien au prix de ſon pro-
ceder, quand le Roy s'en alla à ſainct Iean de
Morienne, diſſuadant tous ceux qu'il ren-
controit de le ſuiure, luy qui s'expoſoit en
toutes ſortes d'incommoditez, pour teſmoi-
gner qu'il n'y a rien de plus cher que l'honneur de ſon Eſtat : & cet homme auec vne
tendreſſe de crocodille, proteſtoit publiquement contre ce conſeil, duquel il ſommoit
vn chacũ de ſe ſouuenir qu'il ne l'auoit point
donné, augurãt toutes ſortes de mauuai preſ-
ſages pour en deſcourager tout le monde : &
au retour il ſe mit à genoux deuant le Roy,
teſmoignant auec vn viſage fumant de zele,

le contentement qu'il auoit de le voir eſ
chappé d'vn lieu où il luy pouuoit arriuer
toutes ſortes de deſaſtres, & auec ceſte ioye
ſpirituelle on remarqua, qu'en la maladie du
Roy , où tout le monde fondoit en larmes,
il n'en veſſa iamais vne ſeule.

Fiez vous en ces hypocrites, dit le Preſidét
Ianin. Par le Corbieu ie les ay touſiours hais.
N'en parlons plus, dit le Roy, ie véux ſçauoir
des nouuelles d'Italie : Ie vois le Strigio, qui
nous en dira. Et bien Marquis, vous auez
perdu Mantoüe? comment cela eſt-il arriué?
Sire, reſpondit le Marquis, *Sic erat in fatis:* car
auec tant ſoit peu de reſolution on pouuoit
euiter ce malheur. Mais comme le Duc auoit
naturellement le don d'incertitude au choix
des choſes qui luy eſtoient neceſſaires, il m'a
rendu prophete à mon tres-grand regret, luy
ayant pluſieurs fois dit, qu'il valoit mieux
auoir vn Eſtat gaſté que perdu, qu'il faloit
quitter toute conniuence pour aller au ſolide
& au certain, ou autremét qu'il ſe verroit bié
toſt deſpouillé de ſes Eſtats. Ses peuples luy
eſtoient mal affectiónez, & il penſoit auec le
temps les gaigner, & en les eſpargnant il s'eſt
perdu auec eux. S'il euſt ſceu ſe ſeruir des
biens qui eſtoient dãs ſa ville, leuer des hommes, faire venir des Frãçois de l'armée Veni-
tiéne, qu'il craignoit & apprehédoit plus que
les Allemans pour ſon malheur, il auroit e-
uité beaucoup de maux, & auec cent mille
eſcus qu'il pouuoit prendre ſur les ſiens auec
raiſon, il auroit euité ( choſe prodigieuſe ) vn

ſac de cinq milions d'or , & la ruine entiere de
tout ſon peuple auec la ſienne, cauſee par ces furieux animaux qui ont figure d'hómes, mais tout
à fait beſtiaux, ayans foulé aux pieds la Religion
& tout ce qu'il y a de plus ſacré , pour le proſti-
tuer à leurs furieux apetits ; qui a fait voir le zele
de ceux qui les ont enuoyez tous heretiques, afin
de rendre leur crime plus grand deuant Dieu
qui toſt ou tard leur demandera compte de tant
de deſordres , dont ils ſont les autheurs, comme
du ſang d'vn milion de Vierges violees & egor-
gees, auec vne barbarie ſans exemple.

Et les Princes d'Italie qu'ont-ils dit à cela ? dit
le Roy. Rien, Sire, reſpondit-il. Car Florence eſt
tout Eſpagnol, tant que la Mere & le Côte d'Or-
ſe viuront: apres, ie n'en reſpódrois pas, ſi on garde vne entree en Italie , car ie ſçay qu'il aime fort
voſtre fils. Pour Parme, c'eſt vn ieune hóme qui
n'oſeroit reſpirer iuſques à ce qu'il voye que les
François ayent les Alpes derriere eux : en ce cas
là , il n'eſt pas hors d'eſperance de pouuoir eſtans
auſſi bon François que le Duc de Caſtres , de ſa
Maiſon, l'a eſté pour vn temps.

Et les Venitiens, dit le Roy ? Ils ont voulu hors
de temps exercer leur prudéce, reſpond le Marquis. Car pour ne ſe vouloir pas declarer comme
ils deuoient, voyant les François en Italie, autant
pour leur liberté que pour celle des autres, ils ont
laiſſé perdre Mantoüe, pouuant quatre mois auparauant chaſſer les Allemans d'Italie, qui ont
eſté long temps foibles : & comme ils ont voulu
temporiſer, ils ont auancé leur ruine : car s'eſtans

H

depuis fortifiez de nouuelles troupes, ils furent
faire vne furieuſe attaque à Maringo & Ville-
bonne, oùles bons Seigneurs ne ſe trouuans pas
reſpectez comme à Veniſe, ils furent contrains
de faire retraicte en telle ſorte, que qui n'euſt
ſceu ce qu'ils faiſoient, certes on euſt dit qu'ils
euſſent fuy:& le malheur fut,que deux mille cheuaux qu'ils auoient voyans venir en ordre les Allemans, qui n'eſtoient que mille, pourſuiuans
leur victoire, ne s'auiſerent iamais de les charger, pour n'auoir pas eu, diſoient-ils, le commandement, lequel ils allerent chercher à toute
bride à Valaize: ou ayans aſſemblé leur conſeil,
ils ſuiuirent l'aduis du Comte Scot,le quel, diſoit-
il, *ſo ben che ſacra vituperoſo ma pure ſara vtile à la
ſereniſſima Republica* : lequel fut de quitter la place,& à ſauue qui peut, gagner Paſquiere. Ce qui
fut brauement executé, en attendant auec impatience les diuertiſſements du Turc en Hongrie,
pour occuper les Allemans, & diuertir ces deſſeins d'hommes beſtiaux, & qui ne laiſſent nulle
meſchanceté à commettre.

Mon fils a pris bon conſeil dans la reſolution
qu'il a faite, dit le Roy: car veu ce que i'entends
dire, Cazal eſtoit pris auec Mantoüe, & les Gri-
ſons. Et cela eſtoit le chemin, à quoy les Eſpagnols tendent, il y a long temps, d'vnir l'Allemagne à l'Italie ; auquel cas tous les autres Princes eſtoient en grand hazard : & m'eſtonne que
pour s'y oppoſer toute la terre ne s'vnit auec mõ
fils, qui a eu de grandes raiſons d'entendre cette
guerre, auec laquelle il a cogneu & preuenu le

mal ; & sans laquelle les Venitiens euſſent coûru
grande fortune ( s'ils n'euſſent point eu d'amis
armez ) d'eſtre reduits à la pitoyable harangue
qu'ils firent à Maximilian : N'y ayant point de
doute qu'ils pouuoient eſtre deſpouillez de toutes leurs places en terre ferme ; & leur grande ville , priuee du pain qu'ils en reçoiuent , euſt bien
toſt ſuiuy le chemin des autres.

Qu'eſt deuenu ce braue General qui les a ſi
bien ſeruis , & comment s'appelle-il ? Sacredi,
reſpond le Marquis, qui a eſté demis de ſa charge & empriſonné.

Le Roy ſouſpirant du peu de preuoyance qu'a-
uoient eu les Italiens, pour s'oppoſer aux maux
qui les approchoient de ſi prés, voulut ſçauoir ce
qui auoit reuſſi du Traicté de Ratisbonne. A
quoy Villeroy reſpondit, que pluſieurs l'auoient
trouué mauuais, pour le zele qu'ils auoient à la
grandeur de l'Eſtat, & les autres , pour n'aymer
pas la paix au dehors, encores qu'ils euſſent publié auparauant, qu'ils en bruſloient d'enuie. Et
ayant veu, n'y a pas long temps le Duc de Monteleon ſous vn Ciprez tout penſif, il ſeroit bon de
le faire approcher, car il eſt homme candide, qui
dira franchement ce qu'il en peut auoir appris,
n'eſtant pas choſe bien expliquee dans les depeſ-
ches que i'ay.

Alors ce Duc eſtant appellé , & enquis de ce
qu'il en ſçauoit: il teſmoigna que d'entrer en ces
diſcours cela luy eſtoit douloureux, par vn pro-
fond ſouſpir & vne grande melancholie qui luy
en parut ſur ſon viſage , & refrongnant ſes four-

eils dit au Roy : Sire, *Infandum iubes renouare dolorem.* Ie me ressouuiens que du temps que i'estois en France, ie fus vn iour visiter le sieur Arnaud, ce fameux Aduocat, pour conferer auec luy sur les oppositions de Bourdillon en Piedmont, & les remonstrances du Duc de Neuers, pour sçauoir s'il auoit trouué assez de vigueur en l'vn, & de raison en l'autre. Ie vis sur sa cheminée ce Distique,

   *Versis lugebit Iberia fatis.*

Mis à l'imitation de Virgile ; par lequel ce Poëte celebre representoit vn Prince de la race de Priam, qui par vn don de prophetie, ou plustost par vne profonde science d'Estat cognoissoit l'instabilité des choses humaines, consoloit Enee, en predisant, que les destinées de la Grece, ennemie des Troyens, seroient en fin changées, & qu'on verroit vn iour le chastiment merité, qui se feroit par quelqu'vn de sa posterité. Sur quoy dés-lors il me tomba dans l'esprit, que voyant tant de vertus en vostre fils dés sa ieunesse, il pourroit accomplir ce prognostic; & que depuis il s'estoit toushiours enquis du cours de sa vie pour verifier sa creance : Et qu'ayant entretenu Collalto de ce qui se disoit (quand il quitta la vie) de ce Traicté, dequoy il sembloit que quelques vns des leur en auoient de la ioye, & autres s'en attristoient; ie le priay instamment, comme bien informé qu'il pouuoit estre, de m'en dire son sentiment. A quoy il me respondit d'Italien à Italien, comme conuenans d'inclination, de preferer sagement la conſeruation de la vie à la vanité : Qu'il eſtoit vray, que depuis la priſe de Mantouë (qui l'a-uoit chargé de deſpouilles) ayant reſſenti que ſes poulmons ſe rempliſſoient tous les iours d'vne defluxion, qui le faiſoient iuger qu'il eſtoit prez de la mort, il auroit penſé de faire vne honneſte & ſeure retraicte, pour s'oſter de la foule, & des combats importuns à ſon humeur : qui l'a-uoit porté pluſieurs fois à ſupplier l'Empereur de luy donner congé : Et que ſi d'aduenture le deſſein qu'il auoit n'euſt eſté cogneu de tout le monde, & que la maladie ne l'euſt ſi fort preſſé, il euſt creu ne pouuoir, ſans regret, voir que les François firent la paix les armes à la main, ſi celle de Ratiſbonne ne les euſt mis hors de peine de conſulter, s'il eſtoit plus auantageux de s'expo-ſer au peril d'vne bataille, que de laiſſer la cam-pagne libre à leurs ennemys, qui s'approcherent ſi prés des retranchemens, que les Eſpagnols ne refuſerent pas tant d'entreprendre de les en eſloigner pour la crainte de la mort, ( car il n'y a point de doute qu'ils ne ſoient fort vaillans) que pour le deſplaiſir qu'ils euſſent peu rece-uoir, en ſe retirant vn peu viſte, de faire tort à leur grauité. Et quant à luy, qui regardoit plus le ſolide que l'apparence & le faſt des demarches des gens de guerre, il diſoit ſincerement, que puis que l'Empereur, faiſant la paix ſans atten-dre la reſponce d'Eſpagne, a teſmoigné qu'il vouloit preferer les intereſts qu'il a dans l'Alle-magne pour la Religion & l'Eſtat, aux entrepri-ſes peu heureuſes des Gouuerneurs de Milan, il est croyable, que cette Monarchie affectee par les Espagnols sur les autres peuples, sera bornee au Fort de Fuentes, & que par le secours de Cazal, ils doiuent auoir perdu l'esperance d'Italie, dont ils pensoient, suiuant l'exemple des Romains, estendre leurs limites au delà de la ligne qu'ils ont designee pour les conquestes de la terre, comme pour celle de la mer.

Dans ces discours de Collalto i'apperçeus bien qu'il estoit tout chagrin, d'auoir si peu iouy du fruict de sa proye. Et comme il m'eut laissé, ie rencontray Villani, qui me donna vne grande relation de tout ce qui estoit sur le tapis au temps de son partement, enuoyee, à mon aduis, par quelqu'vn de l'autre monde, tres-bon Italien, mauuais Espagnol, & qui ne hayt pas les François. Ie ne liray seulement que ce qui regarde ce dont vostre Majesté a voulu estre informee, qui est contenu en cet article.

Et quant au traicté qui s'est fait en Allemagne, il me semble que c'est le prelude de la Comedie qui s'est iouee deuant Cazal, laquelle est vne des rares pieces qui aye paru dás tous les siecles passez ; estant chose assez plaisante & peu commuue de voir Mazarini sortir d'vne trenchee à l'improuiste le chappeau à la main, & porter à toute bride la paix aux François, qui venoiét pour enfoncer le Camp, tout en la mesme sorte, comme s'ils eussent couru au faquin : & de voir en suitte les Chefs de l'armee Imperiale, & Espagnole s'aduancer au grand pas hors de leur Camp, pour embrasser auec ioye les chefs François : & tes-

moigner leur zele Catholique, d'eſpargner le
ſang des Chreſtiens. Ie ſçay de bon lieu, qu'en
la Diette pluſieurs perſonnages diuers eſtoient
montez ſur le theatre pour commencer le ieu,&
preparer l'attention des ſpectateurs : d'vne part
l'Empereur auoit proteſté ſans feintiſe ſa bonne
intention pour le repos public : & contraignant
ſon naturel, auoit rabroué en colere l'Ambaſſa-
deur d'Eſpagne, qui vouloit qu'on ne conclud
choſe quelconque,& que tout l'Vniuers demeu-
raſt en ſuſpens pour attendre le retour de ſon
courrier qui n'auoit ordre de partir qu'apres la
priſe tant deſiree de Cazal: comme ſi le premier
mobile deuoit arreſter ſon cours,& n'auoit point
de mouuement ſans les influences du Conſeil de
Madrid. D'ailleurs, les Electeurs Catholiques
eſtoient ſur le poinct de paſſer pour fauteurs
d'hereſie,au iugemét des Eſpagnols, parce qu'ils
ne vouloient pas eſtre deſpouillez par eux comme le Palatin : qu'ils ſont preſts touteſfois de re-
leuer du ban de l'Empire, voire meſme de le ca-
noniſer,pourueu qu'il le laiſſe iouyr de ſes biens;
& que comme vn bon Chanoine , il ſe contente
d'vne penſion reguliere : & feroient bien la meſme grace aux autres Princes,s'ils vouloient eſtre
auſſi ſimples & gens de bien que le Duc de Po-
meranie, qui en beuuant laiſſa prendre ſon Eſtat
au Vvaleſtin General de l'armee Imperiale, &
qu'ils aboliſſent la Ligue Catholique,indigne de
ce beau tiltre , puis qu'elle n'eſt qu'Allemande
& non pas Eſpagnole. Il eſt arriué pourtant
que le contre-coup de tant de deſſeins eſt tombé

fut le pauure Vvaleſtin, lequel s'eſtant aduancé
à Meninghen, pour tourner teſte vers l'Italie &
la France, qu'il menaçoit de couurir de gens de
guerre, s'eſt trouué dans vne matinee deſmis de
ſa generalité, & s'en eſt retourné en Boheme pour
contempler la vanité du mõde, & mediter de plus
prés, & au propre lieu, d'où le Palatin fut chaſſé
en vn iour, que comme luy il auoit perdu en vne
heure par ce banniſſement la poſſeſſion qu'il a-
uoit priſe de la Duché de Mechelbourg. L'Am-
baſſadeur de France changea ſouuant de conte-
nance : car au commencement il fit voir, que le
Roy ſon Maiſtre ne s'eſtoit iamais eſloigné d'vne
Paix raiſonnable, pour iuſtifier ſes actions &
ſon procedé. Mais comme il recogneut que les
Eſpagnols traiſnoient les affaires en longueur,
pour l'eſperance qu'ils auoient de prendre Cazal, trauaillez de pluſieurs incommoditez, il te-
moigna publiquement, que s'ils ne ſe conten-
toient des conditions, deſquelles on auoit
parlé de part & d'autre en Italie, ſans rien con-
clure par leurs tergiuerſations & incertitudes,
qu'il eſtoit reſolu de s'en retourner : & ſe prepa-
rant pour cet effect, tous les gens de bien l'arre-
ſterent, l'Empereur meſme, les Electeurs & le
Nunce, le coniurans de conſiderer enſemble les
moyens plus propres d'appaiſer le cours de ceſte
longue guerre : que le ſang reſpandu dans vne
bataille auroit dauantage allumee comme l'huille
iettee ſur les charbons accroiſt de beaucoup leur
ardeur.

Surquoy il ſe rencontra, que, comme ſouuent
l'Eſpagne

l'Eſpagne ſe ſert de Religieux, il s'en trouua vn
François, qui ſelon ſa condition prit le party de
la Paix, eſtant meſtier de Moine : & telles gens
n'ayant rien à perdre, s'ils ont quelque talent de
bonne intention & d'experience, ils hazardent
quelquefois des conſeils que d'autres n'oſeroient
tenter, comme a fait ceſtuy-cy, qui ſous ſon
long chaperon & ſa groſſe corde a donné le Moine aux Eſpagnols en ceſte affaire, où il ſe trouue
que le Roy de France a ſecouru Cazal par force
& ſans peril, ſon armée n'ayāt pas moins de gloire par l'approche qu'elle a fait de ſes ennemis,
que ſi elle euſt gagné la bataille. Et que les Ducs
de Sauoye & de Mantoue peuuent eſperer r'entrer dans leur bien. Mais comme le Roy Tres-
Chreſtien a rehauſſé d'vne main ſon allié, & auec
luy tous les amis de ſa Couronne : de l'autre,
il a tellement abaiſſé les Eſpagnols, qu'il ſem-
ble les auoir conduits ſur vn penchant, & eſtre en
ſon pouuoir de les faire tourner au bas de la roue
de la fortune : eſtant auiourd'huy en eſtat d'eſtre
l'arbitre des differents de la Chreſtienté ; pour
l'intereſt qu'ont tous les Princes de s'appuyer du
coſté où l'on voit regner la Iuſtice & la ſincere
protection des opprimez, pour ſe guarantir des
violences & des vſurpations, dont, à mon grand
regret, chacun ſe plaint, & que ie ſuis contraint
d'auouer par la force de la verité : ayant de nou-
ueau ſur le cœur le deſplaiſir, de voir que dans
l'Italie il n'y a point de borne à l'ambition des
Eſpagnols, qui depuis ſix mois ont obtenu de
l'Empereur, que les vrays heritiers de Piombin,

I

place importante, pour le voisinage de la mer, en
fussent entierement priuez, pour en inuestir le
Roy d'Espagne, comme d'vn fief de l'Empire : à
a charge de le remettre par infeodation subalter-
ne & dependante du Roy Catholique, à celuy
qui luy semblera estre le plus legitime successeur:
c'est à dire, à celuy qui luy sera plus affidé parti-
san. Ainsi sans les François, le Duc de Mantoue,
& les autres Princes d'Italie, se fussent contentez
peut-estre, de ce qu'on appelle maintenant entre
les sages vne Piombmade, qui est vn droict nou-
ueau, pour oster les Estats à vn Prince en faueur
d'Espagne, à la charge d'en dire grand mercy,
pourueu qu'ils leur en rendent vne partie, selon
la courtoisie que l'on faict aux passants que l'on
volle dans vne forest, de leur donner dequoy
payer à la premiere hostellerie.

Ie suis asseuré, dit le Roy, que ce n'est pas Exem-
berg qui a faict cette relation, car il est trop Espagnol. Non, Sire, dit le Duc, il ne l'est pas naturellement, mais par accident : car il est tellement
hay par tout l'Empire, que s'il n'auoit cet appuy
il seroit perdu : & ainsi il faut qu'il finisse en cet
estat, parce qu'il n'a point d'autre remede qui
luy puisse soulager les eternelles gouttes qui le
tiennent attacgé dans vn lict ; faisant les affaires
auec grãde adresse & esprit, ayant peu de pareils
au monde : mais il est si caché & couuert, qu'il est
mal aisé de penetrer son intention, ayant conti-
nuelles douceurs & belles paroles à la bouche ;
mais au reste si obscur, qu'il faut vne bõne lanter-
ne pour voir ce qu'il veut & ce qu'il pense. Il est

Italien couuert de nature, & y ayant adiousté l'art
il s'y est tellement habitué, que ie crois qu'en ses
prieres mesmes Dieu seul peut entendre ce qu'il
veut dire.

I'ay pris grand plaisir de vous ouyr, dit le Roy,
mais encores ne suis-ie pas content : car comme
ie vous tiens pour bon Italien ( & en disant cela
ie dis beaucoup ) ie veux sçauoir de vous vostre
sentiment de la France. Sire, respondit il, ie sçay
qu'Antonio Perez a dict autresfois à vostre Majesté, qu'il estoit certain que les François n'auoiét
point de pareils en courage ; mais que si on y pouuoit adiouster trois choses, *Roma, la Mar, y el con-
seio*, ils seroient pour conquerir toute la terre.
Pour le Pape, entendu soubs le nom de Rome,
il est porté en sorte, que les deux partis s'en peuuent louer : Pour la mer, la dispute qui est de
long-temps entre le Duc de Guise, & le General
des Galeres, empesche que le Roy vostre fils ne
soit assez puissant de ce costé là, pour tenir la co-
ste de Gennes en sujection, & rendre difficile les
communications d'Espagne en Italie. Ce qui est
vn extreme preiudice à la France, pour agir en
cet endroit, comme il seroit tres auantageux, si
on le faisoit, & si on y pouuoit mettre vn aussi
bon ordre, que le Cardinal de Richelieu a fait en
la mer de Ponant, le Roy vostre fils feroit trembler tout le monde.

Pour ce qui est du Conseil, si le lieu où ie suis
ne m'empeschoit de croire les fables des An-
ciens, ie n'estimerois pas seulement que l'Ame
du Cardinal Ximenes, fondateur de la puissance

d'Eſpagne, fuſt entree dans le corps du Cardinal de Richelieu ; mais ie croirois auſſi qu'au
contraire, ainſi que le Gerion des Poetes auoit
vne ame dans trois corps, qu'en celuy de ce
Prelat François les eſprits de ces trois Cardinaux
Albornoz, Mendoze & Ximenes, y ſeroient di-
uinement infus, tant on voit reluire en ſes actions
tous les plus rares traits de prudence & de ſage
gouuernement, qui a bien paru, en ce qu'il a
touſiours conioint la negotiation auec la guerre,
l'vne deſquelles nuit à l'autre, pour ceux qui ne
ſçauent pas s'en ayder auec vne egale adreſſe.
Ne s'eſtant point veu, que pour auoir recherché
les moyens raiſonnables de Paix, cela luy aye fait
relaſcher en ſorte quelconque le ſoin de maintenir les armées en bon eſtat : & de ſurmonter
toutes les difficultez de la peſte, des ſaiſons, de la
ſituation des lieux, de l'incommodité des viures,
comme Collalto me l'a raconté, qu'il a veu à ſes
deſpens & auec admiration : m'ayant confeſſé
ingenuement, que ſans les diuers artifices, dont
ils vſoient tous de leur coſté, ſous pretexte de
limitations & reuocations de pouuoirs, & autres
tels ambages, le Cardinal preſſoit les affaires
auec telle vigueur, lumiere & ſincerité, qu'en
peu de temps elles euſſent eſté terminees, ſi l'on
euſt autant cerché le repos de la Chreſtienté, &
celuy de l'Italie, qu'vn peu de fumee, qui a faict
pleurer Spinola en mourant, tant elle luy donna
dans les yeux.

Ie ne mennuyerois iamais d'ouir parler le Duc
de Monteleon, qui a conſerué touſiours l'affe-

&ction de ſes anceſtres à la Couronne de France,
dit le Roy. Mais d'où vient cette melancholie que
vous auez euë en m'abordant? Des penſees faſ-
cheuſes que i'auois de l'Italie, reſpondit le Duc,
d'oùie ne puis iamais parler, queie ne ſois remply
de douleur, veu le miſerable eſtat ou ie l'ayv euë
reduite ſur l'approche des deux armées deuant
Cazal: ou, comme Liſander diſoit dans ſon
repas deuant le combat, *Faiſons bonne chere à cette
heure, car nous ſouperons peut-eſtre tous en Enfer*: Ainſi
pouuoient ils dire deuant la bataille, dont le
gain de quelque coſté qu'il euſt eſté, euſt changé
entierement la face de ces Pays-là: mais bien
plus, ſi la victoire euſt eſté du coſté des Eſpagnols.   Car il falloit s'aſſeurer lors, qu'il n'y auroit plus de Princes en Italie, autre que le con-
querant, qui en euſt changé l'authorité, les loix,
& les mœurs.   Et cela n'entre iamais en mon
eſprit, que ie ne l'aye ſaiſi d'horreur: & c'eſt ce
qui m'a donné ceſte mauuaiſe grace que i'ay euë
en arriuant.

Apres cela, le Roy voulut eſtre informé par
Villeroy, de l'Eſtat d'Angleterre & de la Hollande: qui luy dit, que les affaires n'alloient pas auec
la vigueur, comme du temps que le gouuernement eſtoit entre les mains d'vne femme, qui ſe
monſtra ſi amie de la France, & ennemie de l'Eſpagne, qu'elle ne voulut iamais ſe ſeparer de l'vn,
ny faire la paix auec l'autre. Auiourd'huy il ſem-
ble que ceux-cy ne ſçauent faire la paix ny la
guerre: ils attaquerent la France ſans ſuiet, &
mal leur en prit: auſſi de meſme, firent-ils la paix

sans raison, au temps qu'ils l'a concluret : qui ne
laisse d'en faire esperer de bons effets maintenāt,
s'ils sçauent bien se seruir du téps : Mais ils ont
oüint de grands obstacles, par le Traitté qu'ils ont
faict, duquel ils ne reçoiuét aucun fruict que des
paroles, & hazardent beaucoup, en accordant
l'entree libre de leurs ports, à certain nombre de
Vaisseaux Espagnols : qui est, cóme s'ils recueil-
loient dans leur sein, durant les rigueurs de l'hy-
uer, des viperes, qui estans reschaufez, sans
auoir esgard à la courtoisie, ne laisseroiét de faire
cequi est de leur naturel. Ainsi deuoient ils apre-
héder l'approche de ces gens là parmy eux, parce
qu'estās perpetuellement dans les menees, ils en-
flammeront auec mille artifices, les haines de la
religion dans les Prouinces : & ceux qui sont
violentez dans leurs consciences, s'esueilleront
& chercheront les moyens de secouer le ioug,
& de porter la confusion par tout : Non pas
pour le soustien de la Religion, car les Espagnols
seroient bien marris, que ces pays-là fussent
conuertis, pource qu'ils perdroient le pretexte
de les empieter comme heretiques, ce qu'ils
feront toutes les fois qu'ils pourront, parce qu'ils
ne manqueront iamais de rompre la Paix quand
ils auront occasion commode de faire la guerre.

Pour les Hollandois, on dit bien que le Prince
d'Orange est d'vn naturel mol, qui ayme le repos, & qui voudroit iouyr sans plus de trauail du
fruict de ses victoires passees ; se plaisant dans la
douceur de cette bonne renommée qui le rend
tres-glorieux. Toutesfois comme il est accort, &

ceux qui gouuernent, sages ; ils iugent bien, que la demande que les Espagnols font de la paix, est plus par impuissance que par bonté ; parce qu'estans occupez en tant de guerres, les forces leur manquent pour les Pays bas, & pour la defence de leurs Indes, dans lesquelles, si on continue de faire la guerre, c'est ruiner l'Espagne, luy coupant les nerfs par lesquels sa grandeur subsiste, & toutes les autres puissances languissent, & en fin perissent. Ils se souuiennent que la derniere trefve qu'ils ont faitte a esté la ruine de tous leurs alliez en Allemagne, ayant donné moyen à l'Empereur, n'estant occupé ailleurs, de leur courir sus & de les enuahir : & si on la refaisoit à ceste heure ce seroit luy facilliter l'acheuement de ce qui reste : parce qu'on y emploieroit l'argent d'Espagne qui se despend en Flandres.

Ainsi ils ont bien plus d'auantage en la guerre qu'en la paix : estans bien asseurez, que l'Empereur n'ayant point l'argent d'Espagne ne remuera rien : Pour ne vouloir pas consumer son bien, qu'il aymera mieux conseruer à ses enfans, que de l'employer pour l'aduantage des autres.

Comme le Roy estoit attentif à ces discours, il apperceut de loing Bonneuil, qui venoit courant, pour arriuer à luy ; & auec vne ioye extreme il s'escria, Voicy Bonneuil : Nous sçaurons des nouuelles fraisches : & lors il commença de l'embrasser, & luy demander s'il y auoit long temps qu'il estoit party. Fort peu, Sire, dit il en riant : car de la Comedie où i'estois Mardy en fort bonne santé, ie n'ay mis que cinq iours à venir icy.

Et bien, dit le Roy, en quel estat auez vous laissé
la Cour? Alors Bonneuil regardant deux ou trois
fois autour de luy, & derriere, respondit, Ie sup-
plie tres-humblement vostre Majesté qu'elle me
pardonne si ie ne parle haut: car i'ay esté tant de
fois brouillé, que tout me fait peur en ce lieu où
ie suis noueau venu: & aussi que les personnes
de qui i'aurois à parler sont si puissantes, que ie
ne me puis fier qu'en vous pour en ouurir la
bouche.

Alors le Roy licentiant la compagnie iusques
au lendemain, prend Bonneuil par la main &
l'emmene dans vne grande allee couuerte, sans
qu'on aye encore peu rien apprendre de la matiere de laquelle il l'entretenoit.

## FIN.

9 782329 696546